月光和古玉 Yueguang he Guyu

时代出版传媒股份有限公司
安徽文艺出版社

【作者介绍】

赵丽宏，诗人，散文家。1952年生于上海。现为中国作家协会全国委员会委员，中国散文学会副会长，上海作家协会副主席、《上海文学》杂志社社长、《上海诗人》主编，全国政协委员，上海市政府参事，华东师范大学、上海交通大学客座教授。著有散文集、诗集、报告文学集等各种专著共七十余部，有十八卷文集《赵丽宏文学作品》行世。散文集《诗魂》获新时期全国优秀散文集奖，《日晷之影》获首届冰心散文奖。2013年获塞尔维亚斯梅德雷沃金钥匙国际诗歌奖。2014年获上海市文化艺术杰出贡献奖。有十多篇散文被收入国内中小学和大学语文课本，有多篇作品被收入中国香港和新加坡的中学语文课本。作品被翻译成英、法、俄、意、保加利亚、乌克兰、塞尔维亚、日、韩等多种文字在海外发表、出版。

当代名家精品珍藏
Dangdai Mingjia Jingpin Zhencang

月光和古玉

Yueguang he Guyu

赵丽宏 / 著

时代出版传媒股份有限公司
安徽文艺出版社

图书在版编目(CIP)数据

月光和古玉/赵丽宏著. —合肥:安徽文艺出版社,2015.9(2016.7重印)

(当代名家精品珍藏)

ISBN 978-7-5396-5516-1

Ⅰ.①月… Ⅱ.①赵… Ⅲ.①散文集-中国-当代 Ⅳ.①I267

中国版本图书馆CIP数据核字(2015)第203785号

出 版 人:朱寒冬	丛书策划统筹:朱寒冬 岑 杰
责任编辑:朱寒冬 刘冬梅	装帧设计:丁 明

出版发行:时代出版传媒股份有限公司　www.press-mart.com
　　　　　安徽文艺出版社　www.awpub.com
地　　址:合肥市翡翠路1118号　邮政编码:230071
营 销 部:(0551)63533889
印　　制:安徽新华印刷股份有限公司　(0551)65859551

开本:880×1230　1/32　印张:13.75　字数:380千字
版次:2015年9月第1版　2016年7月第2次印刷
定价:36.00元(精装)

(如发现印装质量问题,影响阅读,请与出版社联系调换)

版权所有,侵权必究

自序

向美妙的古典致敬

赵丽宏

现代人,生活紧张,物欲膨胀,很多人心烦意乱,怨尤顿生,大千世界纷繁热闹,却寻不到一个清静去处。殊不知,有一个美妙所在,人人都可随意造访,如能沉浸其中,哪怕是片刻瞬间,也是莫大享受。这所在,在中国的古典诗词中。

读诗,而且是读古诗,岂不背时?

我们老祖宗,用他们的智慧和才华,创造了人类文学宝库中最耐人寻味的文字。两千多年来,中国历史上出现过多少了不起的诗人,方块字被他们反反复复使用,却常用常新。中国的古诗,以简练的文字,构筑成阔大幽深的意境,让人惊叹,这实在是汉字的光荣。那些流传千百年而依旧魅力不衰的优秀诗词,是文字中的钻石,是真正的文学瑰宝。识字的中国人,如果不懂得欣赏我们祖先留下的这些宝贝,难道不是天大的憾事?

宋人魏庆之,有《诗人玉屑》传世,数百年来一直有人在读,在研究,那是一本诗话,内容和作诗有关,有诗人的故事和言论,也有关于写诗方法和种种论述。我要写的文字,其实和这本书没有太大的关系。我喜欢《诗人玉屑》这书名,尤其是"玉屑"二字,想象一下,一把雕刀,滑过润洁的玉石,刀锋下,溅起晶莹的碎玉,如雪,如丝,一缕缕,一片片,在阳光下飞舞,飘扬,虽只是闪烁于片刻瞬间,却可以长久漾动于心头,那奇妙的清亮莹光,可以驱逐浊思,照亮幽暗的心谷。读古诗,当然可以用现代人的眼光,欣赏的触角和情感的波动,若能如刀锋琢玉,滑过古人智慧艺术的诗句,溅起片片玉屑,何其美妙。

  古老的中华大地上,诗魂不死,诗人不绝。我想,只要我们还在使用汉字,中国古诗的魅力便不会消失。

  前几年,我曾在上海的《新民晚报》上以"玉屑集"为名,开了两年专栏,每周写一篇,写了一百多篇。写这些专栏文章时,我回顾了自少年时代以来读古典诗词的往事和心得,这样的回顾和抒写,是愉快而美好的过程。这些文字,曾引起很多读者的兴趣,他们中间有青少年,也有中老年人。这些文字引发的回声,使我深深体会到古典诗词在现代中国人心中的地位。现在,安徽文艺出版社把这些文字聚合在一起,加上我散文中与此相关的篇章,编成这本《月光和古玉》,作为"当代名家精品珍藏"书系中的一种出版,我深以为幸。我想,这应该是一本很纯粹的中国的书。书中的文字,大多和中国的古典诗歌有关,和中国古代的诗人墨客有关,和恢宏博大的中华文化传统有关。这些文字,是一个现代人向古老的中华文明致敬,向中国的古典诗词致敬,向我们的才华横溢的先贤们致敬。但愿我心中那些古雅温润的记忆和怀想,能引起读者的共鸣。

2015 年 5 月 21 日于四步斋

目　　录

自序:向美妙的古典致敬 / 1

流水和白驹 / 1

千岁之忧 / 3

观沧海 / 5

龟虽寿 / 7

悠然见南山 / 9

人生之根 / 11

绝唱 / 13

池塘生春草 / 16

望星空 / 18

锦瑟 / 20

美人之美 / 22

孤独 / 24

松风 / 26

春在溪头荠菜花 / 28

与时间论道 / 30

永恒 / 33

冷翠烛下人鬼情 / 35

秋波 / 37

幽静 / 39

莼鲈之思 / 41

守岁 / 43

独钓寒江雪 / 45

风雪夜归人 / 47

月黑雁飞高 / 49

战城南 / 51

相思渺无畔 / 53

绕床弄青梅 / 55

参星和商星 / 57

人去鸿飞 / 59

蛙鼓声声 / 61

饮中八仙 / 63

欲语泪先流 / 66

能饮一杯无 / 68

依依别情 / 70

江畔独步寻花记 / 72

诗中茶味 / 75

竹风拂心 / 77

欲飞 / 79

唐人咏梅 / 81

梅花天地心 / 83

黄山谷和水仙 / 85

诗和琴／88

弦管暗飞声／90

中秋吟月／92

《八至》和六言／94

可怜贾岛／97

玉溪生之谜／99

早春消息／102

杜牧之叹／104

黄鹤楼／107

风流绝代说薛涛／109

怎一个愁字了得／112

梧桐更兼细雨／115

诗说西施／117

促织之鸣／119

就是那一只蟋蟀／121

杜鹃啼血／125

说荷／127

再说荷／129

芦苇叹／131

花非花／133

古人咏柳／135

花柳本无私／137

白云苍狗／139

人生如雁／141

在苦难中歌吟／143

慈母和游子 / 145

诗人与河豚 / 148

红豆诗 / 151

野渡无人 / 153

清夜无尘 / 155

葡萄之咏 / 157

山茶吟 / 159

片时春梦行千里 / 161

白居易说梦 / 163

天香云外飘 / 165

水龙吟 / 167

江城子 / 169

逢秋不悲 / 171

豪放和婉约 / 173

心静自然凉 / 175

留取丹心照汗青 / 177

青出蓝 / 180

点金成铁 / 182

读书之乐 / 185

劝学和惜时 / 187

怀念雪 / 189

墨梅清气 / 191

莫说宋诗味如蜡 / 194

竹魂 / 196

除夕诗意 / 198

爆竹、屠苏和桃符 / 200

天净沙 / 202

光明元宵 / 204

李杜双星会 / 206

李薄杜厚之辩 / 209

小品和大师 / 212

且听先人咏明月 / 220

古人的枕头 / 236

古瓷四品 / 239

铜镜篇 / 243

手卷和尺牍 / 246

失路入烟村 / 249

汉陶马头 / 254

塔影 / 257

玉色晶莹汉气象 / 261

昆曲之魅 / 264

电脑前的古玉 / 269

北半截胡同 41 号 / 272

古玉崧泽 / 277

山湖琴韵 / 280

今月曾照古时人 / 284

纯阳洞奇想 / 288

望江楼畔觅诗魂 / 293

永陵访古 / 322

杜甫和草堂 / 328

神游子云亭 / 389

望帝春心托杜鹃 / 397

从琴台到慧园 / 403

诗意绵绵罨画池 / 410

桂湖生清风 / 420

流水和白驹

两千多年前,孔子站在黄河边上,面对滔滔东去的流水,发出这样的感慨:"逝者如斯夫,不舍昼夜。"时光如流水,不分白天黑夜,永远奔流不息,没有任何力量能使之停顿。孔子关于时间的议论,只有九个字,却生动形象,简洁而有力量,给人深远辽阔的联想。后人很多感叹时光流逝不可逆转的诗句,都源自孔子的这段议论。这九个字,以现代人的眼光来看,其实也是绝妙的诗句,它们的涵义和魅力,远胜过那些空泛的长篇大论。

孔子是哲学家,一生都在思索人生之道,他总是用简洁有力的语言阐述他的思想,很少抒情,"逝者如斯夫,不舍昼夜",在孔子的言论中,属于抒情意味很浓的文字了。庄子是诗人哲学家,他也对时光阐发过类似的感慨,那就是另外一种风格了:"人生天地之间,若白驹过隙,忽然而已。"人生旅途看似漫长,在天地间,其实只是一个瞬间,犹如骏马越过一条小小缝隙。"白驹过隙",是典型的庄子语言。司马迁在《史记·晋世家》中这样引用《庄子》:"人生一世间,如白驹过隙。"比喻时光之疾速、人生之匆促,"白驹过隙"非常形象。其实,白马越过一条缝隙,是怎样的形态,谁也没见过,也无法见到,但那只是一个瞬间,确是人人都可以想象到的。

还有另外一种说法,"白驹过隙"中的白驹,并非指马,而是指日光,"白驹过隙",意为日光迅速移动,掠过有阴影的缝隙,那是眨眼的工夫。所以古人有时称光阴为"驹光",称日影为"驹影"。如元人袁桷的诗句:"殿庐龙光动,琐窗驹影催";清人倪濂的诗句:

"驹影难留住,惊看岁又更";清代女诗人劳蓉君《忆舅家小园幼时所游》一诗中,有"惆怅驹光一瞬中,芜园卅载记游踪"之句。诗中的"驹影"和"驹光",都是时间飞逝的代称。这类想象,都源自庄子的"白驹过隙"。

曾看到有人引范成大的诗,证明宋人用过"驹光":"日出尘生万劫忙,可怜虚费隙驹光。"这诗句中,和"驹"字搭配成词的,应是"隙驹"一词,组成"驹光",是明显的错误。而"隙驹",却是"白驹过隙"的又一种说法。文天祥《崔镇驿》一诗中,有"野阔人声小,日斜驹影长"两句,也有人误解诗中的"驹影"为庄子的"白驹过隙"。文天祥的"日斜驹影长",是写景,诗中"驹影",就是马的影子,在落日斜晖中,马的影子在地上越拖越长。这里的"驹影",和庄子对时间的感叹毫不相干。

将日光比作飞奔的白马,也是诗人的奇思妙想。我以为,"驹光""驹影",都是有想象力的创造。

千 岁 之 忧

生年不满百,常怀千岁忧。昼短苦夜长,何不秉烛游!

少年时代读到《古诗十九首》中这几句诗,一辈子都无法忘记。人的生命短促,活过百年已是寿星人瑞,却还要担忧思考千年之后的事情。其实这正是人的智慧表现,人的理想、憧憬和创造力,很多由此产生。我想,这"千岁忧",其实不仅指未来未知的时光,而且指已经远去的岁月,是指历史。孔子说"往者不可谏,来者犹可追",感慨的也是逝去和未来的时光。韩愈说得更夸张:"人不通古今,马牛而襟裾。"如果只图眼前今日,昏然活着混着,不了解历史,没有理想,没有对未来的追寻和期望,那就和一般的动物无异了。

"昼短苦夜长,何不秉烛游",也颇值得玩味。生命短促,而人生的很大一部分时间是黑夜,要在睡梦中度过。所以诗人发出"昼短夜长"的苦叹,让宝贵的生命耽留在昏睡之中,太浪费,太可惜,于是有了"秉烛夜游"的奇想。夜游干什么?你自己去想象,喝酒吟诗,看星赏月,探幽觅奇,继续白天在做的各种各样的事情……

如果我用上面的想法来解释这首流传千古的名诗,恐怕会遭很多古典文学专家嘲笑。因为,此诗的后半段,表达的意思和我的联想完全悖反。且看后面六句:"为乐当及时,何能待来兹?愚者爱惜费,但为后世嗤。仙人王子乔,难可与等期。"

"常怀千岁忧",是一种人生态度,"为乐当及时"又是一种人生态度,在这首诗中,显然褒扬后者而贬低前者,人生匆匆,不必太忧虑与自身没有关系的"千岁",及时行乐最要紧。因为,生死无常,今天不知明天会发生什么,正如《古诗十九首》中另外两句所言:"人生忽如寄,寿无金石固。"这其实也是很多苦痛的人生经验的总结吧。活着纵有再多的宏愿大志,眼睛一闭,都是无稽空想。"爱惜费",大概是指守财奴,诗人认为这是"愚者"之为,只会被后人嗤笑。诗中虽没点明,但这"爱惜费",应是和"千岁忧"连在一起的。而那些凡人成仙长生不死的传说,只是缥缈云雾。

和音乐一样,一首涵义丰富的诗,可能有多种解读,不同的人读,会产生不同的感想。有人从中读到人生无常须及时行乐,有人却想到生命可贵,想到怎样争分夺秒描画理想的图景。这正是这首诗的奇妙。《古诗十九首》距今将近两千年,作者无名氏,它也许是经过很多人吟诵修改后定稿的。今人解读,自由漫想,竟无岁月阻隔之感。

观　沧　海

东临碣石，以观沧海。水何澹澹，山岛竦峙。树木丛生，百草丰茂。秋风萧瑟，洪波涌起。日月之行，若出其中；星汉灿烂，若出其里。幸甚至哉，歌以咏志。

这是曹操的《观沧海》。诗中写沧海的壮阔浩瀚，写秋风中海边的美景，写对大海的想象和赞美，诗风清新雄健，富有想象力。古代诗人写秋景，一般总是一派荒凉衰败的景象，抒发的感情也大多悲凉凄苦，多少骚人墨客因秋风而黯然洒泪，见落叶而触景伤情。而曹操的这首诗，却在秋风中赞叹大自然的美妙，写得气势壮阔，豪迈慷慨，意境苍凉而不失清丽。沧海，是天地间最博大的景象。日月星辰，都孕育于大海，吐纳于大海。赞美沧海，也是赞美宇宙和生命。诗中没有直接写人间沧桑和个人抱负，但读者可以体会曹操踌躇满志、叱咤风云的英雄气概和远大志向。

在古人写大海写秋景的诗篇中，这是一篇难得的佳作，在文学史上，也值得记一笔。古人诗中，纯粹描写海景的不多，诗人作品中的大海，更多是想象的产物，或者只是借海的形象作一点精神寄托。而曹操的《观沧海》，写海岸，写海面，写海岛，描绘了和海有关的种种风景，写得色彩斑斓，气象万千，令人神往。感觉中，中国古代诗人去海边的机会不太多，他们诗中出现的自然景观，更多的是山林原野，是江河溪流，是村庄集市，是大漠边陲。李白诗中有时出现海，也大多是象征或者想象，譬如"长风破浪会有时，直挂云帆济沧海",诗中的沧海,是理想境界的象征;再如"水客凌洪波,长鲸涌溟海","手中电击倚天剑,直斩长鲸海水开",诗中的长鲸和海洋,都是诗人的浪漫想象,和现实中的大海并无直接关系。李白生性豁达,激情澎湃,豪迈恣纵,他的诗中多辽阔缥缈的景象,海的形象时常在他的诗中出现,他写海,只是借海的形象抒发雄壮之志,也以海比喻人世的浩瀚。而诗中的"长鲸""蛟龙"之类,李白当然没有见过,诗人幻想而已。李白曾自称"海上钓鳌客",当时的宰相问他:"先生临沧海,钓巨鳌,以何物为钓线?"李白答曰:"以风浪逸其情,乾坤纵其志;以虹霓为丝,明月为钩。"宰相又问:"何以为饵?"李白笑曰:"以天下无意气丈夫为饵。"那宰相听到李白的回答,惊愕而尴尬,以为李白在嘲讽自己。李白的气度,何人能比?"天下无意气丈夫",在李白面前只能自惭形秽。而写《观沧海》的曹孟德,其清朗的神情和轩昂的气概,可以与李太白比肩。可惜曹操志不在诗,他雄心勃勃。意图一统河山,偶尔作诗,都是抒发"志在千里"的壮士情怀。如果专心写诗,我想曹操会是中国诗史中的伟大人物。不过,曹操虽然只留下二十几首诗,却都是不同凡响的声音。

小时候读《三国演义》,对曹操有成见,认为他不是善良之辈,是暴君,是"奸雄",一直没有把他和诗人这个头衔联系在一起。后来读他的诗,才觉得此公确非等闲之辈,他的才华和气度,在同时代没有几个人能与之相比。南朝钟嵘在他的《诗品》中品评诗人,区分等第,把曹操的诗置于下品,实在是对人有了成见,才作如此不公允的结论。

龟 虽 寿

东晋的都城建业,也就是今日南京。大将军王敦,曾是京城中显赫之人,每天晚上,从王敦的将军府中,会传出吟诵诗歌的铿锵之声,所诵诗句,清晰可闻:"老骥伏枥,志在千里。烈士暮年,壮心不已……"王敦吟诵此诗时,常有人应声而和,因为,这是大家都熟悉的诗歌。《世说新语》中曾经记载这件事,说王敦每次喝了酒,便大声咏诵这四句诗,而且"以如意击打唾壶为节,壶口尽缺"。

王敦的如意和那个缺口的唾壶,早已无迹可寻,但是他咏诵的诗句,却一直流传到现在。这四句诗,作者是曹操,是他的诗作《龟虽寿》中的句子。《龟虽寿》和《观沧海》,同是曹操《步出夏门行》中的一章,两首诗,都是曹操的名篇。且看《龟虽寿》全诗:

神龟虽寿,犹有竟时。腾蛇乘雾,终为土灰。老骥伏枥,志在千里。烈士暮年,壮心不已。盈缩之期,不但在天;养怡之福,可得永年。幸甚至哉,歌以咏志。

这首诗,一开场就用了两个典故:一是神龟,二是腾蛇。神龟出自《庄子·秋水篇》:"吾闻楚有神龟,死已三千岁矣。"腾蛇出自《韩非子·难势篇》:"飞龙乘云,腾蛇游雾,云罢雾霁,而龙蛇与蚓蚁同矣。"神龟长寿三千年,还是难免一死;腾蛇如龙攀云驾雾,等云雾消散,便卑微如尘土。人呢,人怎么样?前面四句的铺垫,似乎会引出人生无常、生命短暂的悲叹。然而我们却听见了石破天惊的声音,听见了当年王敦以如意击壶慷慨吟诵的那四句:"老骥伏枥,志在千里。烈士暮年,壮心不已。"这样的声音,可以说是前无古人。写这首诗时,曹操五十三岁,当时刚击败袁绍父子,平定北方乌桓,宏图初展,雄心勃勃。这些诗句,抒发了他的豪情壮志。他把自己比作一匹老马,虽然屈居枥下,心中却依然向往着遥远的目标,准备继续驰骋千里。在激昂陈词之后,诗人又陷入深沉的哲思之中:"盈缩之期,不但在天;养怡之福,可得永年。"人难免一死,人的短暂的生命,其实并非都由天命安排,如果能善自尊重,怡养身心,也可以延年益寿。对生命的这种态度,就是以现代人的眼光来看,也决不陈腐。况且,曹操所说的怡养身心,是一种对待生活的积极态度,是"志在千里""壮心不已"的进取之心。而雄心勃勃的曹操,也以自己的叱咤风云的行为,对这样的人生观作了实践。曾有人把这首诗说成精神的养生篇,不无道理。

秦皇汉武,都曾梦想过长生不老。秦始皇统一中国后,兴致勃勃远巡东海,派人入海采集不死之药,最后却死在巡行途中。然而曹操却很清醒,生命有生,必有死,这是自然规律,无法避免。神龟可以活三千年,人活不过百年。如何珍惜有限的生命,才是值得深思的问题。曹操的这首诗,其实是在回答这样的问题。

曹操和他同时代的建安七子,开创了一代诗风,《文心雕龙》中这样评价他们:"观其时文,雅好慷慨,良由世积乱离,风衰俗怨,并志深而笔长,故梗概而多气也。"这就是后人所说的"建安风骨",而曹操那些慷慨悲凉、意气风发的诗篇,是对"建安风骨"最生动的诠释。

悠然见南山

"采菊东篱下,悠然见南山。"这是陶渊明的名句。从字面上看,这两句诗,似乎很平常,诗人在家门东面的篱笆下俯身采一朵野菊花,抬起头来,无意中看到了远方的山峰。诗中没有深入细腻的描绘,也没有夸张的形容,只有"悠然"二字,是对诗中人情状的描写。为什么这两句诗使那么多人心生共鸣?千百年来,不知有多少人引用这两句诗,表达一种悠闲的生活状态,一种超然宁静的精神境界。

这两句诗,出自陶渊明组诗《饮酒》。这组诗,共二十首,"采菊东篱下",只是其中一首,全诗如下:

> 结庐在人境,而无车马喧。
> 问君何能尔?心远地自偏。
> 采菊东篱下,悠然见南山。
> 山气日夕佳,飞鸟相与还。
> 此中有真意,欲辨已忘言。

陶渊明是一个拒绝了尘世烦扰的乡间隐士,这首诗,是他的生活和精神状态的真实写照。此诗的前面四句,很有意思。诗人"结庐"隐居的地方,是在"人境",并非世外桃源,却听不见车马喧闹,这怎么可能?诗人自问自答,答案是"心远地自偏",意思是,只要精神上远离了人间喧嚣倾轧,周围的环境自会变得清静。接下来,就是"采菊东篱下,悠然见南山"了。这是诗人对自己的生活情景的生动描绘。一个采花的动作,一次无意的遥望,表现出人和风景之间最自然的交流。"悠然"二字,显然是点睛之墨,诗人的神态、心情,都被烘托了出来。苏东坡曾这样评论这两句诗:"采菊之次,偶然见山,初不用意,而境与意会,故可喜也。"再下面两句,是对南山风景的进一步描绘,晚霞如锦,飞鸟投林,一派宁静优美和安谧,这也是诗人心境的写照。最后两句,意味深长。"此中有真意,欲辨已忘言",此中真意是什么?那必定是深奥博大的人生哲理,穷极宇宙人寰,然而诗人却没有说出答案,只有无声的"忘言",留给读者阔大的想象空间。这两句诗,使我想起泰戈尔《飞鸟集》的句子:"小道理可以用文字说清,大道理只有沉默。"

陶渊明是他那个时代最杰出的诗人。有人评断,汉魏南北朝八百年间,没有一个诗人的成就可以和他相提并论。从对后代的影响来看,这样的评价并不为过。他写了大量的田园诗,表达了对大自然和劳动者的亲近,那种淡泊真实,情景交融,在古代诗人中难有人与之比肩。他的《桃花源诗并记》,创造了一个脱离尘世喧嚣的人间乌托邦,那种对理想的追寻和沉浸,至今仍让人神往。在喧嚣的时代,读一下陶渊明的诗,可以使人沉静。

人 生 之 根

人生是什么？隐居山林的陶渊明说："人生无根蒂,飘如陌上尘。"这是陶渊明《杂诗十二首》的第一首中开首两句。人生如浮萍,没有根底,其实,浮萍也是有根的,只是这根不是深扎于土,而是飘漾于水,从流动的水中吸取养料。而陶渊明诗中的人生,并非浮萍,那是真正的无根之物,被风一吹,便飘飞在空中,犹如路上的灰尘。陶渊明诗中所谓"人生",其实比现代人理念中的人生涵义更广,也可以理解为生命吧。如果生命和人生果真如此,生而无根,飘如灰尘,那天下芸芸众生便可怜可哀至极了。《古诗十九首》中有"人生寄一世,奄忽若飘尘"之句,感慨人生无常。陶渊明的诗句,也是重复了古人的悲叹。好在陶渊明的幻想没有到此为止。且读《人生无根蒂》全诗：

人生无根蒂,飘如陌上尘。分散逐风转,此已非常身。落地为兄弟,何必骨肉亲！得欢当作乐,斗酒聚比邻。盛年不重来,一日难再晨。及时当勉励,岁月不待人。

人生之尘飞扬在天后,接下来怎么样？"分散逐风转,此已非常身",人生之尘在风中漫游,经历了磨难,已经不是原来的生命。这两句,看起来平淡,其实深刻,人生的漂泊不可测,人人都会有体验,尤其是在动荡不安的年代。有过漂泊曲折的经历,生命已经非原来的样子。"落地为兄弟,何必骨肉亲",既然大家都已非原来的生命,那么,来到这个世界的人,都应该亲如兄弟,何必在乎血缘骨肉。这样的想法,也不是陶渊明的首创,孔子《论语》中就有这样的论述:"子夏曰:'君子敬而无失,与人恭而有礼。四海之内,皆兄弟也。君子何患乎无兄弟也?'"陶渊明在诗中重复孔子的意思,其实是在战乱和孤独中对理想的一种呼唤。这种理想是什么?应该是社会和平,是人间博爱。

"得欢当作乐,斗酒聚比邻"这两句,表达的是陶渊明当时的生活态度。这首诗总体悲凉沉郁,但这两句,却颇有生趣。人生的曲折磨难,并没有使诗人失去对生活的热爱,他的欢乐,是和乡亲邻里聚会饮酒,这是平凡世俗的乐趣,陶渊明在很多诗中作过描绘,譬如:"过门更相呼,有酒斟酌之","日入相与归,壶浆劳近邻"。

最后四句,流传最广:"盛年不重来,一日难再晨。及时当勉励,岁月不待人。"很多人将这四句单列,作为一首惜时励志的古诗。其实,联系前文,陶渊明这几句诗,还是提醒人们,要及时行乐,生命如此短促,人生如此匆忙,那么,活着就赶紧做自己以为快乐的事情。陶渊明此诗中的快乐,是"斗酒聚比邻"。这样的人生目标,对现代人来说,不可思议,但在陶渊明的时代,却是一种美好的理想,他的《桃花源记》中,正是对这理想的生动描绘。我想,现代人将这四句诗单列,作为一首惜时励志的诗,其实也没有违背陶渊明的本意。惜时,古今如一;励志,内容发生了变化,以古人之诗,励今人之志,有何不可呢?

人生果真无根?落叶飘飞最终还是归根,陶渊明的人生其实也是作了回答,在乡村田园,在老百姓的生活中,他找到了自己的归宿。

绝　　唱

汉代无名氏的《上邪》,一首短诗,寥寥三十五个字,却使我看到过的所有爱情诗为之苍白失色:

上邪!我欲与君相知,长命无绝衰。山无陵,江水为竭,冬雷震震,夏雨雪,天地合,乃敢与君绝!

这是一个痴情女子对心上人的誓言:苍天啊!我要与你相知相爱白头到老,我们的爱情永不会衰退。除非巍巍高山变平地,滔滔江水干涸消失,除非冬日响起隆隆惊雷,夏天飘起鹅毛大雪,除非天空倾塌和大地黏合,否则我对你的情意就不会中断!

这就是山盟海誓。后来被人引用得烂熟的"海枯石烂不变心"之类的爱情誓词,源出于这首古诗。时隔两千年,今天读这些诗句,依然惊心动魄。这是汉代的民间诗歌,诗中以一个女子的口吻,向她所爱的男子表明心迹,人间的爱情,竟然可以强烈坚决到如此,让人惊叹。

我想,这首没有留下作者姓名的爱情诗,作者也许不是一个人。一个痴情女子的激情夸张的誓言,被一个有心的文人记下,然后在民间流传,不断被人修改,最后成为中国古诗中爱情篇章的经典绝唱。

这首诗,表达了一个女子对爱情坚贞不贰的决心,并没有描绘爱情如何美好。虽然写得轰轰烈烈,却有点不食人间烟火的气息,那种悲壮之态,凛然不可亲近。和《上邪》差不多时期出现的古诗中,也有表现爱情的,但风格完全不同,譬如苏武的《结发为夫妻》,看似平淡,但表现的人间情爱朴实具体,因而深挚感人:

> 结发为夫妻,恩爱两不疑。欢娱在今夕,嬿婉及良时。征夫怀远路,起视夜何其?参辰皆已没,去去从此辞。行役在战场,相见未有期。握手一长叹,泪为生别滋。努力爱春华,莫忘欢乐时。生当复来归,死当长相思。

这首诗,也是以女子的感受为主体。丈夫从军赴战场,恩爱夫妻无奈分别。诗中写了相思之苦,但更为动人的,是妻子对未来的希望、对丈夫的期望和期待,"努力爱春华,莫忘欢乐时",要爱惜生命,不要淡忘了昔日的恩爱。最动人的,是收尾那两句"生当复来归,死当长相思",活着便要争取归来相聚,死了也要永远互相思念。末句写到死,但全诗更多的是强调要为爱好好地活着。只有坚持活着,爱的期待才是有价值有意义的。

《古诗十九首》中第一首,也是写夫妻离别相思,诗中表现了类似的境界:

> 行行重行行,与君生别离。相去万余里,各在天一涯。道路阻且长,会面安可知?胡马依北风,越鸟巢南枝。相去日已远,衣带日已缓。浮云蔽白日,游子不顾返。思君令人老,岁月忽已晚。弃捐勿复道,努力加餐饭。

一个被相思之苦折磨的女子,最后竟喊出"弃捐勿复道,努力加餐饭",似乎是无奈的自我安慰,其实是一种积极的态度,只有努力加餐,健康地活着,才可能等到夫妻团圆的那一天。如此质朴实在的表白,在古诗中少见,却让读者为之感动。

我以为,"生当复来归,死当长相思","弃捐勿复道,努力加餐饭",也是人间爱情的绝唱,和《上邪》的境界相比,并不逊色。

池塘生春草

> 池塘生春草,园柳变鸣禽。

这是南朝诗人谢灵运的名句。尤其是前面那一句,"池塘生春草",几乎成了后人称呼谢灵运的代名词。李白诗云:"梦得池塘生春草,使我长价登楼诗";元好问的评价更绝:"池塘春草谢家春,万古千秋五字新"。

以现代人的眼光来看,"池塘生春草",似乎意境平常,文辞也浅显直白,为什么会成为千古名句?在古代诗人心目中,这五个字简直是天才的发现和创造,是最奇妙的春天写照。"万古千秋五字新",新在哪里?很显然,在谢灵运之前,没有人这样描绘、形容过春天。《诗经》中这样写春色:"春日迟迟,卉木萋萋,仓庚喈喈,采蘩祁祁",也写了草木池塘、莺雀啼鸣,那是直接的描写,有声有色,能感觉到漾动的春光。汉乐府中,描写春光的佳句也不少,晋代乐府中,有这样的句子:"阳春二三月,草与水同色",这和谢灵运的"池塘生春草",可谓异曲同工。可是,为什么谢灵运的诗句被抬得如此之高?我想,谢灵运这句诗的妙处,大概正是因为以直白朴素的文字,道出了乡村里目不识丁的童叟都能感知的春天景象,而这样的诗句,比很多文人挖空心思比喻描绘更能令人产生共鸣。我在农村生活多年,可以想象这样的诗意。春暖时,湖泊和池塘因为水草的繁衍,水色变得一片青绿,春愈深,水面愈绿,待到水畔的芦苇、茭白,水面的浮萍、荷叶、水葫芦等植物渐渐繁茂时,冬日波光冷冽的水面，就变成了一片绿意盎然的草地。"池塘生春草"，正是这样的景象。谢灵运这句诗，妙在把水面比喻成了草地，而且妥帖形象至极。这样的景象，虽然年年重复，然而天地间的春色永远新鲜，面对繁衍在水上的一派绿色春光，诗人们很自然便想起谢灵运的"池塘生春草"来。

望 星 空

童年时,常在夏夜仰望星空,那是记忆中神奇的时光。生活在上海这样的都市,只能从楼房的夹缝中看见巴掌大的天空,但这并不妨碍我对夜空的观察。儿时调皮,也大胆,在炎热的夏夜,家里闷热睡不着,便一个人悄悄走到晒台上,爬上屋顶,在窄窄的屋脊上躺下来。这时,头顶的夜空突然变得阔大幽邃,星星也繁密了,星光也清亮了,平时看不见的银河,从夜空深处静静地流出来。身畔有夜鸟和飞蛾掠过,轻声地鸣叫,伴随着羽翼振动,梦一般飘忽。如果有流星划过夜空,我会轻声发出惊叹……这时,心里很自然想起背诵过的一些古诗,诗中也有星空。我想,古人看见的夜空,和我看见的夜空,应该是一样的吧。至今仍记得当年常想起的那几首诗。

一首是刘方平的七绝《月夜》:"更深月色半人家,北斗阑干南斗斜。今夜偏知春气暖,虫声新透绿窗纱。"这首诗,仿佛就是写我仰望星空的景象。四句诗,前两句写夜空,月色星光,伴随时光流转。后两句写大地,暖风拂面,春色轻盈,天籁荡漾,令人心驰神往。

一首是杜牧的七绝《秋夕》:"银烛秋光冷画屏,轻罗小扇扑流萤。天阶夜色凉如水,卧看牵牛织女星。"这是我最喜欢的唐诗之一,诗中安谧美妙的情景,使我感觉熟悉亲切,也引起我无穷的联想。尤其是"天阶夜色凉如水"一句,说不出的传神和形象,夜空如深不可测的海洋,波澜漾动,多少遥远的人物和故事,都涵藏在其中,缥缈而神秘。

杜牧的《秋夕》,使我想起郭沫若的诗《天上的街市》,那也是儿时喜欢的诗篇:

> 远远的街灯明了,
> 好像闪着无数的明星。
> 天上的明星现了,
> 好像点着无数的街灯。
> 我想那缥缈的空中,
> 定然有美丽的街市。
> 街市上陈列的一些物品,
> 定然是世上没有的珍奇。
> 你看,那浅浅的天河,
> 定然是不甚宽广。
> 那隔着河的牛郎织女,
> 定能够骑着牛儿来往。
> 我想他们此刻,
> 定然在天街闲游。
> 不信,请看那朵流星,
> 是他们提着灯笼在走。

我曾想,郭沫若写这首诗时,应该也是在这样的夏夜,仰望着星空,他的心里,大概也会想起杜牧的诗吧。记得我模仿写过类似的诗,幻想自己变成一颗流星,划过夜空,在瞬间看到无数天上的景象。尽管写得幼稚,却是我和缪斯最初的亲近。

锦　瑟

唐代的诗人中,李商隐是与众不同的,他用自己曼妙曲折的诗句,为读者构筑出一座座神秘的迷宫。

李商隐的诗,绮丽飘忽,意象奇特,诗句中隐藏着无人能破解的故事和情感。他那些朦胧幽深的《无题》,千百年来使无数诗人和读者迷醉猜测,在他绵密的文字中寻寻觅觅,但觉山重水复,声色斑斓,那些用典故和独特意象构织成的诗句,尽管费解,但给人美妙的感觉。李商隐的作品中,影响最大的,大概是那首七律《锦瑟》:

> 锦瑟无端五十弦,一弦一柱思华年。
> 庄生晓梦迷蝴蝶,望帝春心托杜鹃。
> 沧海月明珠有泪,蓝田日暖玉生烟。
> 此情可待成追忆,只是当时已惘然。

这是一首奇诗,是一个无法解开的谜。古往今来,多少人解释这首诗,揣度这首诗。有人认为此诗咏物,那物便是古琴,即锦瑟,诗中写的都是古曲境界;有人认为此诗怀人,是对一个恋人的思念,锦瑟可能是人名;有人认为此诗悼亡,是追忆一个已经离开人间的昔日情人;也有人认为此诗是作者自伤生平,是对人生的感慨,人生如琴瑟,旧曲歌罢,新曲又起,曲终人散,唯有怅惘的回忆。种种解读,似是而非,互相矛盾,却都有点道理。然而至今没有权威的解读可以说服众人。不过即使无法清晰释解,这首诗的魅力一点也没有因此减弱,全诗字字珠玑,诗中的每一联诗句,都可以使人浮想联翩。那些用典故勾勒出的诗句,幽邃如精灵舞蹈,庄生梦蝶,杜宇化羽,沧海珠泣,良玉生烟,神奇传说中,有浪漫的翔舞,有哀伤的冤魂。诗人写这些,要说明什么?你尽可以自由想象。

　　也许只有李商隐自己可以解释诗中的涵义,可以说明隐藏在诗句中的故事,然而李商隐始终没有作过解释,他甚至不屑写一句说明。古人作诗,为了告诉读者写作的动机和背景,常常在诗前写一些题跋,有时在题目中便作说明。李商隐却不喜欢这一套,不仅诗句隐晦,题目也不明确,《无题》作为诗的题目,是他的创造。《锦瑟》其实就是用诗的开首两字做题目,性质类似《无题》。金代诗人元遗山有《论诗绝句》:"望帝春心托杜鹃,佳人锦瑟怨华年。诗家总爱西昆好,独恨无人作郑笺。"前两句是赞美李商隐的诗,后两句是表达无法读通李商隐诗的遗憾。汉代郑玄笺注《诗经》,解决了很多《诗经》中的疑难问题,元遗山希望有人像郑玄笺注《诗经》一样注释李商隐的诗,表达了很多喜欢李商隐诗的人的愿望。曾有过不少企图为李商隐诗"解密"的人,也有人专门出了注解玉溪诗的书,然而最终还是没有被读者接受。

　　我想,读李商隐,还是不求甚解为好,能欣赏到那些诗句的曼妙,能感受到优美凄惘的境界,就可以了。何必一定要把一切都解释得明明白白呢?这就像现代人听德彪西,不同的人,尽可以根据自己的理解和心情欣赏他行云流水般的音乐,怎么理解,都是美妙的精神漫游。

美 人 之 美

女性之美,在诗人的笔下常写常新。

最早描写美女的诗,出现在《诗经》中:"手如柔荑,肤如凝脂,领如蝤蛴,齿如瓠犀,螓首蛾眉。巧笑倩兮,美目盼兮。"从手、皮肤、脖子、牙齿、头发、眉毛,写到眼睛和笑容,是一幅文字的美女工笔画。这样的细致的描写,美则美矣,但读起来有点肉麻。汉代《古诗十九首》中,有简洁的写法:"燕赵多佳人,美者颜如玉。"晋人傅玄,以花比美人:"美人一何丽,颜若芙蓉花。"我以为这是更高明的赞美,给人较多想象的空间。而汉代李延年的《北方有佳人》中"一顾倾人城,再顾倾人国",竭尽夸张之能事,却被大家接受,"倾国倾城",竟成为中国人对女性美貌的最高赞语。曹植有《美女篇》,细腻的描绘和《诗经》中浓艳的笔墨颇相似:"攘袖见素手,皓腕约金环。头上金爵钗,腰佩翠琅玕。明珠交玉体,珊瑚间木难。罗衣何飘飘,轻裾随风还。顾眄遗光采,长啸气若兰。"也是工笔重彩的美女画。而曹植的《洛神赋》,大概是古今中外诗颂美女的巅峰之作,其夸张绮丽和浪漫大胆,让人惊叹。此诗太长,不过可以引几句作鼎脔之尝:"仿佛兮若轻云之蔽月,飘摇兮若流风之回雪。远而望之,皎若太阳升朝霞;迫而察之,灼若芙蕖出渌波……"这样的美女,人间难寻,所以只能是神话人物。

唐诗中出现的美女,描写时就要含蓄许多。白居易在《长恨歌》中写杨玉环之美,只用了两句:"回眸一笑百媚生,六宫粉黛无颜色。"虽然是间接的描写,却写出了贵妃的倾城倾国之美色。李白写美女西施,也有妙语:"秀色掩今古,荷花羞玉颜。浣纱弄碧水,自与清波闲。皓齿信难开,沉吟碧云间。"明代诗人张潮说:"所谓美人者,以花为貌,以鸟为声,以月为神,以柳为态,以玉为骨,以冰雪为肤,以秋水为姿,以诗词为心,吾无间然矣。"这可以看作对历代诗人颂美的小结。

"闭月羞花,沉鱼落雁"这样赞美女性的妙语,是中国古代诗人们的独创,确实有想象力,比"倾国倾城"更艺术。在外国,诗人们也讴歌女性的美,那些描绘女性外形美的诗句,我以为很少有超过中国古诗中的那些描写,有拾人牙慧之感。所有和美有关的词语都已用过,能想到的比喻也几乎穷尽,还能怎么写呢?且看莎士比亚如何写美人:"如果写得出你美目的流盼,用清新的韵律细数你的秀妍,未来的时代会说:这诗人撒谎,这样的美姿哪里会落在人间!"莎翁不愧为此中高手。

孤　　独

　　孤独是一种人生状态，人人都可能体会这样的状态。有的人在孤独中顾影自伤，哀叹人生如梦；有的人在孤独中奋力思索，寻找精神的出路。孤独的境界是各种各样的，有胸怀大志的智者怀才不遇的孤独，也有行高于众的君子难随浊流的孤独。而诗人的孤独，比一般人的孤独更为经常。

　　"一弹再三叹，慷慨有余哀。不惜歌者苦，但伤知音稀。"这是《古诗十九首》中的感慨，歌者一唱三叹，慷慨激昂，却知音寥寥。这种孤独的境界，引起无数诗人的共鸣。再往古代去，屈原也是一个心怀忧戚的孤独者，"举世皆浊我独清，众人皆醉我独醒"，已经成为自认为具有高洁操守的孤独者的格言。

　　最让人感觉苍凉深刻的孤独，是陈子昂那首《登幽州台歌》：

　　　　前不见古人，
　　　　后不见来者。
　　　　念天地之悠悠，
　　　　独怆然而涕下。

　　古往今来，很多在热闹的人世间孤独行走、难觅知音的人，都把陈子昂当知己，诵读他的这首诗，仿佛感同身受。我曾听一位当代诗人在一个诗歌朗诵会上朗诵此诗，竟然读得泣不成声。其实，古代诗人中，如陈子昂这样具有英雄气概的孤独者，并不太多。陈子昂虽然才华横溢,抱负满怀,但生前却一直不如意,两次蒙冤入狱,最后死在狱中。但在他留下的诗篇中,很少有自怜自哀的表露,也没有沮丧沉沦的叹息,即便是孤独,也是慷慨陈词,激扬文字,是一个屹立于天地间的伟岸男子。他的另一首《感遇》(其二十二)也是抒发孤独的情怀,境界之阔大,同样让人惊叹:"登山望宇宙,白日已西暝。云海方荡潏,孤鳞安得宁。"陈子昂写《登幽州台歌》,起因还是怀才不遇,无法被人赏识、理解。追求功业的挫折,使很多人沉沦颓丧,一蹶不振,而陈子昂却在孤独中发出了如此忧愤苍凉的叹息,这是诗人的声音,是游荡的诗魂流着泪在吟唱。

　　陈子昂的叹息,其实是有点夸张的。"前不见古人"吗?我就看见了一个,也许比他更孤独、更忧愤,那是屈原。"后不见来者"吗?陈子昂来不及看见,但后来者无数。就是在唐代,我们也能读到很多诗人在孤独中的咏叹。且听李白在敬亭山上独吟:"众鸟高飞尽,孤云独去闲。相看两不厌,只有敬亭山。"李白同样抒写孤独寂寞的心情,却写出了人和自然间的一种亲切感,在人群中感觉的孤独,在独享天籁时获得了释放。杜甫也有很多写孤独的诗,如《登岳阳楼》,给人感觉孤独的同时,更多是愁苦的心情,因为联系自己的身世处境,读来更觉真切:"亲朋无一字,老病有孤舟。戎马关山北,凭轩涕泗流。"同样是流泪,这泪水,和陈子昂的"独怆然而涕下",境界大为不同。

松　风

二十多年前游黄山,在山上的小旅店过夜。那是一个无云的夜晚,星月清朗,踏着星光在旅店外的小径散步。小径边上,是一大片黑松林,月光为起伏的树冠镀上一片晶莹的银光,如雪压松影。突然起风,虽只是微风,却使路边的松树集体摇动,飒然作声。风似乎是从地下冒出,在松林里盘桓回旋,撼动了每一片枝叶,然后从松林中飘出,把我包裹。这风有点神奇,它仿佛挟带着松树的呻吟和呼喊,嘈杂而深沉,如潮汐之韵。这时,脑子里突然想起三个字:"风入松"。这是一个古琴曲的曲名,我没有听过这支古曲,此时听这月下松林传来的奇妙风声,觉得这就是《风入松》的韵律。如此奇妙的天籁,人类的乐器能重现它们吗?我很怀疑。

《风入松》,相传是嵇康创作的古琴曲,后来成为词牌名。古人的诗中,常出现"松风"二字,也常常将这两个字和琴声联系,大概就是起源于此。我记忆中最熟悉的,是刘长卿的五绝《弹琴》:"泠泠七弦上,静听松风寒;古调虽自爱,今人多不弹";还有王维的诗句:"松风吹解带,山月照弹琴"。李商隐的诗中也有类似句子:"欹冠调玉琴,弹作松风哀。"宋词中,也有松风和琴声的交汇,如张抡的《阮郎归》:"松风涧水杂清音,空山如弄琴",是很传神的句子,松风和流泉之声交合,在山中回旋,整座空山,犹如一挂巨大的古琴在鸣响。

有过黄山夜过松林的经历的人,对古诗中写到的松风,便有了形象的认识。其实,古人的诗中,写到"松风"时,未必和琴声相连,那是对自然和天籁的描绘,在文人的眼里,松树是值得讴歌的形象,也是可以亲近的生命。譬如唐诗人裴迪的《华子岗》中有这样两句:"日落松风起,还家草露晞。"诗中的"松风"和"草露"对应,写的是日常生活景象。李白的《下终南山过斛斯山人宿置酒》一诗中,写到松风时颇带感情色彩:"长歌吟松风,曲尽河星稀。我醉君复乐,陶然共忘机。"山间松风,居然值得诗人以"长歌"吟咏。

《清诗别裁》中有清初诗人赵俞的七绝《溪声》:"结庐何日往深山,明月松风相对闲。但笑溪声忙底事,奔流偏欲到人间。"读此诗,感到耳熟,很自然想起李白的《山中答问》:"问余何意栖碧山,笑而不答心自闲。桃花流水窅然去,别有天地非人间。"这两首诗,韵同,意境也差不多,毫无疑问,这是赵俞模仿李白,不过,他用"松风"取代"桃花",诗中的画面和色彩,翻出了一点新意。

春在溪头荠菜花

满眼不堪三月暮,举头已觉千山绿。

这是辛弃疾《满江红·敲碎离愁》中的两句词,把春三月的气象写得气韵十足。举头满眼春色,千峰万岭皆绿。以这样阔大的气势表现春色,体现了这位豪放派诗人的风格。不过,我更喜欢他另一阕写春光的《鹧鸪天》:"陌上柔桑破嫩芽,东邻蚕种已生些。平冈细草鸣黄犊,斜日寒林点暮鸦。山远近,路横斜,青旗沽酒有人家。城中桃李愁风雨,春在溪头荠菜花。"

这是一幅描绘春景的工笔画,有远景,有近景,有天籁声色,也有人间烟火。最让人读而难忘的,是最末一句:"春在溪头荠菜花"。春天的脚步,就落在溪边那些不起眼的小小荠菜花上。在乡间,我见过河畔路边的荠菜花,那是米粒大小的白色野花,星星点点,可亲可近,它们在使我感受春色降临的同时,很自然地想起辛弃疾的这句诗。古人写春天的诗词中,"春到溪头荠菜花"是最动人的诗句之一,如此朴素平淡,却道出了春天铺天盖地而来的魅力。

韩愈的《早春呈水部张十八员外》,和辛弃疾的荠菜花有异曲同工之妙。韩愈诗中写的是春天的小草:"天街小雨润如酥,草色遥看近却无。最是一年春好处,绝胜烟柳满皇都。"此诗中,最妙一句,是"草色遥看近却无",春雨中,绿草悄然萌发细芽,远看一片青翠,近处却看不真切,若有似无,撩人遐想。韩愈认为,这样的乡野草色,远胜过京城烟柳。

　　古人咏春,注重自然细节的变化,辛弃疾的荠菜花、韩愈的草色,都是成功的范例。春风中,天地间万物复苏,到处是生命的歌唱,在古老的《诗经》中,已能听到诗人在春色中抒情:"春日迟迟,卉木萋萋。仓庚喈喈,采蘩祁祁",春日来临时,花木葳蕤,百鸟鸣唱,一派生机盎然。宋人姜夔游春,被麦田中的绿色陶醉:"过春风十里,尽荠麦青青"。唐人李山甫咏春景,也写得有趣:"有时三点两点雨,到处十枝五枝花",这是清明时节的风景。朱熹的《春日》中有名句:"等闲识得东风面,万紫千红总是春",那是春深似海的景象了。

　　李贺也曾被春天的美景陶醉,他那首题为《南园》的七绝写得优美细腻:"春水初生乳燕飞,黄蜂小尾扑花归。窗含远色通书幌,鱼拥香钩近石矶。"诗中写到乳燕、蜜蜂、花、春水、鱼,意象缤纷,春意灵动。

　　古人的咏春诗中,有不少写人和自然的交融,这又是另一番情韵。杜牧的《江南春》,可谓妇孺皆知:"千里莺啼绿映红,水村山郭酒旗风。南朝四百八十寺,多少楼台烟雨中。"这首诗中,自然美色和人间风景在春日烟雨中融为一体,犹如一幅彩墨长卷。清人高鼎的《村居》,也是写春景,却是另一种风格的风情画:"草长莺飞二月天,拂堤杨柳醉春烟。儿童散学归来早,忙趁东风放纸鸢。"青绿山水中,孩童在柳烟中奔跑,风筝在蓝天上飘飞,春天把生机和欢乐带到了人间。

与时间论道

飞逝的时间啊,请你停一停,来和我喝一杯酒……

一千多年前,一个年轻的诗人仰望着浩瀚苍穹,发出这样奇妙的邀请。他想和时光老人把酒论道,探讨一个问题:有什么办法,使白昼延长,使生命保持勃勃生机?这个诗人,是被人称为"鬼才"的李贺。这首诗题为《苦昼短》:

飞光飞光,劝尔一杯酒。吾不识青天高,黄地厚。惟见月寒日暖,来煎人寿。食熊则肥,食蛙则瘦。神君何在?太一安有?天东有若木,下置衔烛龙。吾将斩龙足,嚼龙肉,使之朝不得回,夜不得伏。自然老者不死,少者不哭。何为服黄金、吞白玉?谁似任公子,云中骑碧驴?刘彻茂陵多滞骨,嬴政梓棺费鲍鱼。

李贺的这首诗,在唐诗中如奇峰突起,无论是形式和内容,都让人觉得新奇,在当时的诗坛曾引起轰动。此诗形式上自由不羁,是没有规律的长短句,想象的奇异和情感的浓烈,都不同凡响。今天读,仍然让人感觉新鲜,甚至会心生震撼。将无形的时间人格化,是李贺的创造,他把时间看作一位老朋友,亲切地称之为"飞光",劝他停步共饮:"飞光飞光,劝尔一杯酒。"

诗人想和时间探讨什么呢?"吾不识青天高,黄地厚。惟见月寒日暖,来煎人寿",青天黄土,暂且不论,诗人只是在日夜交替中感受到时光的急促和生命的短暂。"煎人寿",一个"煎"字,凝聚了诗人对生命无情流逝的焦灼和苦痛。"煎人寿"之后的四句,表现了诗人对寿命长短原因的看法,人的肥瘦,生命的长短,关乎食物,没有什么保佑长生不老的神仙。那时,很多人在追求长生不老之道,有人寻仙草,有人炼仙丹,也有人服金吞玉。李贺的看法,在当时也是惊世骇俗的创见。

既无神仙保佑,那么,如何延长生命呢?李贺在诗中继续大胆幻想。他以为,如果能把白天变成黑夜,其实也就是延长了人的生命。《古诗十九首》中,有"昼短苦夜长,何不秉烛游"之句,在黑暗中秉烛夜游,是古人在"苦昼短"时想到的。然而"秉烛游",并不能缩短黑夜,更不可能把黑夜变成白天。李贺却突发奇想:"天东有若木,下置衔烛龙。吾将斩龙足,嚼龙肉,使之朝不得回,夜不得伏。何为服黄金、吞白玉?"这里,李贺引用了若木和烛龙两个神话,为我所用,赋予新意。天东面有一棵名叫若木的大树,树下有一条衔烛照明的神龙,烛明则昼,烛暗则夜。如果将烛龙杀而食之,使昼夜不能更替,那么,人就可以不必"苦昼短",可以一消生死之忧,何必要"服黄金、吞白玉"呢?

《苦昼短》的最后四句,看似思绪缥缈,实际上是对当时俗见的深刻嘲讽:"谁似任公子,云中骑碧驴?刘彻茂陵多滞骨,嬴政梓棺费鲍鱼。"凡人成仙,都是无稽之谈,谁见过得道升天在云中骑驴飘行的任公子?最后两句,李贺又用了两个历史典故。刘彻,就是汉武帝,他生前好神仙长生之道,传说他入殓后香雾萦绕,棺内发出奇响,尸骨飞化升天。李贺认为这是无稽之谈,刘彻墓中遗留的,只是一堆腐烂的凡骨。最后写到了秦始皇,嬴政一统江山之后,为寻求长生不老之术费尽心机,一直寻到东海畔天尽头,结果在那里得病不治而死。时值盛夏,嬴政的尸体运回咸阳时已开始腐烂,为了掩饰腐尸恶臭,在棺材里放了很多鲍鱼,然而无济于事,还是一路臭到咸阳。这首诗写到这里戛然而止,意犹未尽,留给读者丰富幽远的想象空间。

　　李贺的这首诗,与时间论道,上天入地,谈古论今,说神道鬼,以奇诡的意象议论风生,对生和死发表了独特的看法。杜牧在《李长吉歌诗叙》中评论李贺的诗风:"鲸呿鳌掷,牛鬼蛇神,不足为其虚荒诞幻也",言之极有理。

永　　恒

　　长江边,采石矶,有李白的墓。后世诗人凭吊李白墓后,留下无数诗篇。我记忆中印象深刻的是白居易的一首:"采石江边李白坟,绕田无限草连云。可怜荒冢穷泉骨,曾有惊天动地文。"

　　白居易和李白生活的年代相隔不远,凭吊景仰的先人,有些伤感。也许,当年的李白墓,野草丛生,一派荒凉,白居易睹物生情,为李白鸣不平。他见过长安城外那些豪华的帝王陵寝,和简朴荒凉的诗人墓地,有天壤之别。当时皇家搜刮到的民脂民膏,很大一部分都用来建造皇陵,世人习以为常。我相信,白居易心里还有一层意思,没有说出口,尽管面前的诗人墓地只是一个荒冢,但人人都记得才华横溢的李太白,记得他的那些美妙诗篇。诗人的墓地是否豪华,是否能保存千古,其实没有什么关系。关键是"曾有惊天动地文",诗人的生命,不在坟墓中,而在他创造的美妙文字中,他的诗活着,在被人吟咏传诵,他的生命就在延续。这样的永恒,比刻在石碑上的文字,生命力不知要强大多少。这样的情形,李白曾用两句诗形象深刻地表达过:

　　　　屈平词赋悬日月,楚王台榭空山丘。

　　屈原生前为了获得楚王的信任,为了说服楚王采纳他"美政"的主张,忍辱负重,不屈不挠,不惜奉献自己的生命。而楚王生前高居宫堂,俯瞰众生,掌握着所有臣民的生杀大权,三闾大夫屈原,在他眼里不过是棋盘上一个可有可无的卒子,屈原的声音,也只是风过耳,不管是他的谏告,还是他的辞赋。然而千年之后,谁还记得楚王?屈原的诗,却一代又一代传下来,成为中国人智慧、情操和想象力的结晶。

白居易凭吊李白的那首诗中,用了"可怜"两字,我以为大可不必。可怜的不是李白,而是和李白同时代的那些曾经不可一世的权贵们。后人陶醉在李白的诗篇中时,谁也不会去想念那些早已在地下化为泥土的昔日王公。

又想起了莎士比亚的诗句,和李白有异曲同工之妙:

> 没有云石或王公们金的墓碑,
> 能够和我这些强劲的诗比寿;
> 你将永远闪耀于这些诗篇里,
> 远胜过那被时光涂脏的石头。

冷翠烛下人鬼情

　　世上本无鬼,活人杜撰之。人间有无数关于幽灵和鬼怪的故事,或诡异怪诞,或惊悚恐怖,或幽默滑稽,或凄婉优美。鬼故事,是民间口头文学创作中最活跃的部分,很多故事从古传到今,生生不息。蒲松龄当年被民间的传说吸引,写出《聊斋志异》,成为人类文学史中最美妙的鬼怪灵异故事。我在乡村生活过,也从农民口中听说不少鬼怪故事,那是民间的智慧,是中国人在艰辛苦难中自娱自乐、创造欢乐的一种方式。

　　诗人也写鬼,我读过一些鬼气森森的诗,读后难忘。李贺被人称为"诗鬼",并非他专写鬼,而是他诗中那种狂放无羁的诡异之气。不过,李贺也在诗中描绘过幽冥世界,他的《苏小小墓》,就是如此。苏小小是南齐名妓,也是一代才女,能歌舞,善诗文。她死后,她的坟墓成为江南的风景。古时传说,苏小小墓地上,"风雨之夕,或闻其上有歌吹之音"。这其实是民间的鬼故事。李贺来到苏小小墓上,感觉和这位命运多舛的才女心灵相同,仿佛遇见了这位佳人。且看他怎么写苏小小的幽灵:

　　　　幽兰露,如啼眼。无物结同心,烟花不堪剪。草如茵,松如盖。风为裳,水为佩。油壁车,夕相待。冷翠烛,劳光彩。西陵下,风吹雨。

　　这首诗,把读者引进一个凄美的幽冥世界,描绘了一位冥界佳人,她飘忽无形,似有若无,衣裙如微飔,妆饰如静水,目光如兰花上的晶莹的露珠。然而她孤独无助,在幽冷鬼火和凄风苦雨中,做着永无结果的等待。古乐府中有《苏小小歌》:"我乘油壁车,郎乘青骢马。何处结同心,西陵松柏下。"李贺在此诗中,将古乐府中关于苏小小的故事和意象融于一体,也把生和死、人世和冥界融于一体,虽是写鬼,却有人间的真情。生时的遗恨,延续到阴间;幽灵重访人世,依旧孤寂怅然。这首诗中流露出来的悲凉和凄美,其实也是诗人自己的心境写照。

李贺不愧为大诗人,写鬼,写得凄凉飘忽,幽深优美,让活着的人产生很多遐想。不过,诗人写鬼,一般是心有悲情,李贺的诗中出现阴森鬼气,其实是借景抒情,宣泄胸中郁闷和悲哀,他并不直接表露,而是把情绪隐藏在神秘的意象中,这是真正的诗人之道。且再看他的一首鬼气十足的诗:

南山何其悲,鬼雨洒空草。长安夜半秋,风前几人老。低迷黄昏径,袅袅青栎道。月午树立影,一山惟白晓。漆炬迎新人,幽圹萤扰扰。(《感讽》之三)

想象诗人一个人在夜间彳亍空山,环顾四周,鬼雨凄草,树影幽径,野冢磷火,阴森凄凉中,能感叹的只能是人生悲剧。岁月催人老,生死之间,人鬼之间,只是一念之差、一纸之隔吧。

秋　　波

秋波是什么？当然是秋水,是秋风中的湖波涟漪,清澈,漾动。然而在古人的诗中,这秋波却演变成了女人的眼神,所谓"眉如青山黛,眼似秋波横"。李贺《唐儿歌》中有"骨重神寒天庙器,一双瞳人剪秋水"的妙句,双瞳剪水,形容眼神的清澈。秋波的最早出处,是否就是李贺的这两句诗,我无法考证,但在这之后,指美女之眼为秋波、秋水者才逐渐多起来。

宋词的词牌名中,有《秋波媚》,又名《眼儿媚》,想来最初的词句,应是描写女人的媚眼,但后来的诗人用这个词牌创作时,写出来的却是完全不一样的内容。陆游写过很有名的一阕《秋波媚》:"秋到边城角声哀,烽火照高台。悲歌击筑,凭高酹酒,此兴悠哉!多情谁似南山月,特地暮云开。灞桥烟柳,曲江池馆,应待人来。"这样的慷慨悲歌,和女人的媚眼没有任何关系。

宋代才女朱淑真,也写过《秋波媚》,那倒是一阕名实相符的词:"迟迟春日弄轻柔,花径暗香流。清明过了,不堪回首,云锁朱楼。午窗睡起莺声巧,何处唤春愁。绿杨影里,海棠亭畔,红杏梢头。"读这样的诗,给人的感觉是慵懒无聊,诗中女子的眼神,恐怕难有秋水的清澈,只有昏昏欲睡的困倦和迷蒙。

现代人编的成语辞典中,有"暗送秋波"一词,将其出处归于苏东坡名下,其实有点牵强。苏东坡的诗,是引用《晋书·谢鲲传》中的一个典故:"邻家高氏女有美色,鲲尝挑之,女投梭,折其两齿。"谢鲲挑逗正在织布的邻家美女,美女不领情,怒投以梭子,敲断了谢鲲的两颗门牙。苏东坡在他的诗中写到了那个狼狈的谢鲲："佳人未肯回秋波,幼舆(指谢鲲)欲语防飞梭。"东坡名声大,他的诗中出现"秋波",形容得也巧妙,被人广为传播很正常,其实未必是他首创,李贺的"一双瞳人剪秋水",就比"佳人未肯回秋波"要早许多。

现代人的成语"暗送秋波",带着一点贬义,那意思是指暗中眉目传情,或者偷偷地献媚,不是正大光明的表情,这类眼神,不清澈,也不美妙,这"秋波",和女人的媚眼没有多少关系了。这样,人们便很少再用这两个字形容女人清澈美丽的眼神,对这个美妙的词来说,有点可惜。

幽　　静

　　古人表现幽静的诗句,很值得玩味。在唐代之前,最出名的是南朝王籍的两句诗:"蝉噪林逾静,鸟鸣山更幽",以鸟啼蝉鸣反衬山林的幽静,确实是绝妙的手法,似乎悖论,仔细回味,却能从中品味出天籁中的安宁。到唐代,出现了一位表现幽静的大师,他就是被人称为"诗佛"的王维。

　　"空山不见人,但闻人语响。返景入深林,复照青苔上。"王维这首题为《鹿柴》的五绝,意境比王籍的诗更空灵更幽雅,表现的是大自然的幽静和诗人的心静。他的《竹里馆》,也是妇孺皆知的名篇:"独坐幽篁里,弹琴复长啸。深林人不知,明月来相照。"这两首五绝,是唐诗中表现幽静的上乘佳作,诗中展现的,不仅是大自然的幽静,也表现了诗人内心的宁静。诗里诗外,流露的都是一派安谧的景象和恬静的心情。

　　王维的五言诗作中,那些表现幽谧宁静的诗句,可以随手拈来:"雨中山果落,灯下草虫鸣","夜静群动息,时闻隔林犬","古木无人径,深山何处钟","人闲桂花落,夜静春山空","涧芳袭人衣,山月映石壁","坐看苍苔色,欲上人衣来","夜坐空林寂,松风直似秋","谷静秋泉响,岩深青霭残","夜静群动息,蟋蟀声悠悠"。这些诗句,有画面,有声音,有色有光,有风有雨,但读者的感觉,都是大自然的幽静和诗人宁静的心情。果坠,花落,风过,雨飞,以动衬托静;虫唱,犬吠,钟鸣,泉响,以声凸现静。这是王维的高明,是大师手笔。表现幽静,却难得用"静"字,诗中出现的,都是天地间人人可以观察、可以感知的画面和形象。苏东坡推崇王维，说他诗中有画，画中有诗，这是绝妙的评论。

  王维的诗中，有小静，也有大静。如果说，"明月松间照，清泉石上流"，"松风吹解带，山月照弹琴"这样的诗句，表现的是精致清淡的小静，那么，"秋天万里净，日暮澄江空"，"大漠孤烟直，长河落日圆"，表现的就是辽远开阔的大静。从王维的眼里看出去，人世百态，世间万物，都可以是清幽静谧的状态，这其实是他的一种心境。他诗中描绘的画面，现在还能在大自然中见到，然而对一个匆匆赶路的游人，或者是一个心思烦乱的过客，大概是难以体会那一份幽静的。

莼鲈之思

　　因为思乡,怀念家乡的美食,竟然辞官回乡,这是历史上真实的故事。张翰,字季鹰,吴江人。据《晋书·张翰传》记载:"张翰在洛,因见秋风起,乃思吴中菰菜莼羹、鲈鱼脍,曰:'人生贵适志,何能羁宦数千里以要名爵乎?'遂命驾而归。"这故事,被世人传为佳话,"莼鲈之思",也就成了思念故乡的代名词。

　　张翰是个才子,诗书俱佳,写江南的菜花,有"黄花如散金"之句,李白很佩服他,写诗称赞:"张翰黄金句,风流五百年。"不过,张翰留名于世,还是因为莼菜和鲈鱼。关于"莼鲈之思",他自己有诗为证:"秋风起兮佳景时,吴江水兮鲈正肥。三千里兮家未归,恨难禁兮仰天悲。"这是他在洛阳思念家乡时发出的慨叹。这莼鲈之思,后来有很多人在诗中提及。把思念故乡的情感,和莼菜鲈鱼联系在一起,确实诗意盎然。

　　唐人诗中,以莼菜鲈鱼的典故表达思乡之情的作品很多。崔颢有七绝《维扬送友还苏州》:"长安南下几程途,得到邗沟吊绿芜。渚畔鲈鱼舟上钓,羡君归老向东吴。"白居易《偶吟》:"犹有鲈鱼莼菜兴,来春或拟往江东。"皮日休《西塞山泊渔家》:"雨来莼菜流船滑,春后鲈鱼坠钓肥。"元稹《酬友封话旧叙怀十二韵》:"莼菜银丝嫩,鲈鱼雪片肥。"有趣的是,中国的"莼鲈之思",在唐代竟然还传到了国外,当时的平安朝,也就是今天的日本,他们的国君嵯峨天皇,在诗中拟张志和的《渔父词》,写了如下诗句:"寒江春晓片云晴,两岸花飞夜更明。鲈鱼脍,莼菜羹,餐罢酣歌带月行。"这样的诗句,收入唐人诗集,并不逊色。

　　唐人热衷莼菜鲈鱼,到宋代,诗人们似乎兴趣更浓。对张翰因思家乡美食而辞官返乡的举动,诗人们不仅理解,而且多加褒扬。辛弃疾的《水龙吟》中有名句:"休说鲈鱼堪脍,尽西风,季鹰归未",苏东坡也有妙句:"季鹰真得水中仙,直为鲈鱼也自贤"。欧阳修为张翰写过很有感情的诗:"清词不逊江东名,怆楚归隐言难明。思乡忽从秋风起,白蚬莼菜脍鲈羹。"不少诗人因迷恋张翰莼鲈之思的典故,来江南感受莼菜鲈鱼的美味,尽管这莼菜和鲈鱼的产地并非他们的家乡,但借题发挥,抒发一下思乡之情,也非常自然。陈尧佐:"扁舟系岸不忍去,秋风斜日鲈鱼乡",米芾:"玉破鲈鱼霜破柑,垂虹秋色满东南",陆游:"今年菰菜尝新晚,正与鲈鱼一并来"。朱敦儒的《好事近·渔父词》中,有这样的描写:"失却故山云,索手指空为客。莼菜鲈鱼留我,住鸳鸯湖侧。"葛长庚的《贺新郎》更有意思:"已办扁舟松江去,与鲈鱼、莼菜论交旧。因念此,重回首。"去江南品尝一下莼菜鲈鱼,在那时似乎成了文人的一种时尚。

　　莼菜和鲈鱼,我也品尝过,两者其实很难同时吃到。莼菜状如荷叶幼芽,嫩滑爽口,并无特别的鲜味。我曾经和江南的朋友开玩笑说,喝下一碗莼菜羹,感觉是吃掉了一池荷叶。而张翰诗中所写的鲈鱼到底是什么滋味,我至今不能确定。鲈鱼的种类很多,有四鳃和二鳃之分,据说四鳃的鲈鱼现在已难得。我记忆中最美妙的,是一种被称为"土鯆鱼",又称"塘鲤鱼"的小鱼,这种鱼,据说也是鲈鱼的一种。三十多年前,我在太湖畔当学徒做木匠,吃过当地人用这种小鱼炖鸡蛋,味道无比鲜美。在饥贫交迫的日子里,这是一道让我无法忘怀的美食。我想,张翰当年怀念的鲈鱼,应该是这样的美味吧。

守　岁

　　流逝的时光,永远是诗人吟咏的对象,古今皆如此。每年辞旧迎新时,诗人总会发一点感慨。叹岁月匆匆,年华老去,也对即将到来的春天作一点憧憬。这样的感叹,常常发自除夕守岁时。

　　中国人千年前便有守岁习俗。除夕之夜,围炉饮酒,通宵达旦,如唐人诗句所描绘:"阖门守初夜,燎火到清晨。"时光留不住,守岁,说是守,其实是送和迎,送走旧年,迎来新春。

　　古人的守岁诗中,有生不逢时、岁月蹉跎的感叹,譬如骆宾王的《西京守岁》:"闲居寡言宴,独坐惨风尘。忽见严冬尽,方知列宿春。夜将寒色去,年共晓光新。耿耿他乡夕,无由展旧亲。"一个孤独而不得意的文人,到年关时心生凄凉,并不是造作。白居易《客中守岁》一诗中,有"守岁尊无酒,思乡泪满巾"两句,凄凉之情更甚。戴叔伦的《二灵寺守岁》,流传也广:"守岁山房迥绝缘,灯光香炧共萧然。无人更献椒花颂,有客同参柏子禅。已悟化城非乐界,不知今夕是何年。忧心悄悄浑忘寐,坐待扶桑日丽天。"这种出世禅境,在物欲汹涌的现代人心中,恐怕难以体会了。在纸醉金迷中发出"不知今夕是何年"的呓语,那是另外一回事。

　　不过,我读到的守岁诗中,也有对岁月的珍惜,而更多的,是对世俗生活的热爱。苏东坡写过《守岁》:"明年岂无年,心事恐蹉跎。努力尽今夕,少年犹可夸。"守岁惜时,此诗最有代表性。守岁诗中对生活的热爱,例证更多。杜甫有诗:"守岁阿戎家,椒盘已颂花",写的是古人守岁时的一种习俗,除夕夜全家团聚欢宴,将花椒放于盘中,饮酒时撮一点放入杯中,驱寒祛湿,也增加过年的气氛。守岁,对孩子来说是最快乐的时光,"燎火委虚烬,儿童炫彩衣"(刘禹锡),"阖门守初夜,燎火到清晨"(储光羲),"儿童强不睡,相守夜欢哗"(苏轼),"新历才将半纸开,小庭犹聚爆竿灰"(来鹄),可以想象爆竹声中孩子们的欢颜。

描绘守岁情景最生动的一首诗,我以为是清代孔尚任的《甲午元旦》:"萧疏白发不盈颠,守岁围炉竟废眠。剪烛催干消夜酒,倾囊分遍买春钱。听烧爆竹童心在,看换桃符老兴偏。鼓角梅花添一部,五更欢笑拜新年。"写此诗时孔尚任已是鬓发如霜,但甲午新年临近时,他还是兴致勃勃,和家人一起守岁,并细致地记下了当时的欢乐景象。孔尚任是孔子后裔,却绝非腐儒,而是才华横溢的诗人,他的《桃花扇》千古流传,已成中国文学的经典名篇。十多年前,我带儿子去山东曲阜,在孔林中逗留半天,就是为了寻找孔尚任。在石碑林立的墓群里,我找到了孔尚任的墓。在那个萧瑟阴森的亡人世界中,想起他的《桃花扇》,想起他那些带有欢声笑语的诗句,心里是一种奇怪的感觉。

独钓寒江雪

多年前,在柳州,拜谒柳宗元的墓。站在这位颇有传奇色彩的大诗人墓前,我脑子里涌现的是他的《江雪》:

千山鸟飞绝,万径人踪灭。孤舟蓑笠翁,独钓寒江雪。

在中国的古诗中,我以为这首诗属于精华中的精华。寥寥二十个字,却勾勒出阔大苍凉的画面:飞鸟绝迹的群山,渺无人迹的古道,一切都已被皑皑白雪覆盖。那是空旷寂寥的世界,荒凉得让人心里发怵。然而这只是画面中的远景。还有近景:冰雪封锁的江中,一叶扁舟凝固,舟子上,一渔翁身披蓑衣,头戴斗笠,手持钓竿,澹然若定,凝浓如雕塑。寂静中,这弥漫天地的冰雪世界,竟被小小一支渔竿悄然钓定⋯⋯这是怎样的境界?寂静,辽远,神奇,天地交融,天人合一,却又是无法复述的孤独怅然。失意忧愤的诗人,面对清寒世界,以最简洁的语言,表达出孤傲和怆然。空灵孤寂之中,蕴涵多少忧思和深情,任你遐想,一百个人,也许会有一百种不同的联想。

柳宗元写《江雪》,是在被贬永州之时,心情苦闷压抑。一个永不愿人云亦云的诗人,就用这样的洁净的文字宣泄自己的感情,看似纯然写景不动声色,实则意蕴万千,冰雪底下涌动着激情的血液。

不少后人曾模仿柳宗元,试图用不同的文字和句式再现《江雪》的画面和境界,但和柳宗元的那二十个字比较,便显得轻浮无力。譬如有这样的长对:"一蓑一笠一髯翁一丈长竿一寸钩,一山一水一明月一人独钓一海秋",文字很巧妙,对仗工整,也很有趣,然而《江雪》的阔大苍凉,还有那种惊心动魄的悲壮,在这些精巧的文字中是一点也找不到了。

一个诗人,能有这样一首奇妙的诗传世,就是了不起的诗人。

风雪夜归人

中国的古诗中,最简洁凝练的,是五绝,每句五字,四句,一共才二十个字。现代人的文章,有喜欢写长句的,一句话就可以长到二三十字。而古人的这二十个字,却意蕴无尽,变幻无穷,可以描绘阔大的场面,可以抒发深邃的情感,可以情景交融,既画出色彩斑斓的风景,也勾勒出人物在画中的行动,甚至还有曲折跌宕的故事。这是汉字创造的奇迹,也是人类文学瑰宝中真正的钻石。

五言诗和七言诗相比,往往显得古淡简朴,很少秾纤铺张,节奏也徐缓铿锵,显出旷达和大气,而七言诗中很多充斥着浓艳繁复之风。

我赞美过柳宗元的《江雪》,现在再来说说另一首我喜欢的五绝,作者是唐代杰出的诗人刘长卿,诗题是《逢雪宿芙蓉山主人》:

日暮苍山远,天寒白屋贫。柴门闻犬吠,风雪夜归人。

这是一幅有远景有近景有人物的画。远景:残阳如血,远山逶迤;中景:寒风中简陋的茅屋;近景:柴枝扎成的院门外,传来狗叫;人物:黑夜中冒着风雪从远处走来的归家主人。说这样的诗字字珠玑,一点也不夸张,二十个字,几乎每个字都是一个独立的意象。

读者如细心,会发现诗中有一个矛盾:首句"日暮",有日落西山之意,那无疑是晴天,时间该是黄昏;而末句"风雪夜归人",气候和时间都变了,晴天变成了风雪漫天,黄昏变成了黑夜。其实也不矛盾,诗中描绘的情景,绝非静止,短短二十字中,其实写了从黄昏到深夜的变化。诗人刚出现时,是能看到落日的黄昏,住下后天色大变,起风落雪,而主人迟迟未归。天黑夜深时,听见柴门外传来几声狗叫,探头看门外,只见主人冒着风雪从远处一步步踉跄走近……

当然,"日暮"两字,也可看作单纯表示时辰,从气候去理解,也许是过度解读。

而那个"风雪夜归人",却引起我很多想象。毫无疑问,他不是富豪权贵,是蜗居陋室的穷人,但他未必是卑微之人,可能是一个性情高洁的隐士,也可能是一个失意落魄的文人。诗人既专门进山造访,那白屋主人绝非等闲之辈。他风雪夜归,是在外狩猎辛苦,还是访友醉归,读者可以自己猜测。其实,诗中还有另外一个人,就是诗人自己,诗中描绘的景象和声音,都是诗人的所见所闻。读者甚至可以想象,主人踏着风雪归来,意外看到远道来访的客人,该会有怎样的惊喜。

此诗还有另外一种解释,诗中"风雪夜归人",就是作者自己,他从黄昏一直走到天黑,冒着风雪找到了山中的朋友之家。疲惫中听到狗叫和开门的声音,想到即将得到的款待,温暖的炉火,甘美的酒食,朋友的问候,心里便产生了回家的亲切感,所以在诗中自称"归人"。

两种读法,我觉得都可以。写景的五绝,一般都是描绘一个定格的画面,而刘长卿的这首诗,却记叙了从黄昏到深夜发生的事情,气候、景色、诗中人物的心情,都在跌宕变化。文学史家也许还可以从中读到诗人当时的人生境况和心情。二十个字,蕴涵如此丰富的内容,这难道不是奇迹?

月黑雁飞高

卢纶的《塞下曲》，是唐诗中写战争题材的名作，世代流传，脍炙人口。这组诗原题应为《和张仆射塞下曲》。仆射是官名，张仆射，是一个名叫张延赏的官吏。卢纶的诗，是和张延赏的酬唱之作，先有张诗，后有卢诗，张延赏写些什么，后人一无所知了，而和答张诗的《塞下曲》，却成为千古绝唱。在五言古诗中，我以为卢纶的《塞下曲》属于明珠中的明珠，千百年来一直被中国人诵读，是有道理的。

卢纶的《塞下曲》原有七首，是内容相关联的组诗，描述了一个军事行动的过程，写得有声有色，其中有些情景和场面，有惊心动魄的效果。《唐诗三百首》中，选了其中四首：

鹫翎金仆姑，燕尾绣蝥弧。独立扬新令，千营共一呼。
林暗草惊风，将军夜引弓。平明寻白羽，没在石棱中。
月黑雁飞高，单于夜遁逃。欲将轻骑逐，大雪满弓刀。
野幕敞琼宴，羌戎贺劳旋。醉和金甲舞，雷鼓动山川。

卢纶的这组诗，在唐诗中是很独特的一例，以简洁写意的手法叙事，第一首写誓师出征，第二首写将军的神勇，第三首写敌军的溃败，第四首是凯旋庆功。其中最出名，也是写得最出色的，是第二和第三首。第二首描述汉代名将李广的故事，典出司马迁《史记·李将军列传》："广出猎，见草石中，以为虎而射之，中石。没镞,视之,石也。"一天夜晚,李广在草原打猎,远远地看到一头猛虎隐没在草丛中,于是张弓怒射。次日天亮时,人们发现,那头猛虎,其实是一块巨石,昨夜李广的射虎之箭命中目标,箭镞竟深嵌入石。如此的精准又有如此的膂力,如果上阵杀敌,威力可以想见。此诗没有直接写战事,但巧妙生动地写出了将军的神勇。这位汉代飞将军,常常出现在唐代诗人的笔下,王昌龄的"但使龙城飞将在,不教胡马度阴山",写的就是李广。第三首"月黑雁飞高",流传最广,短短二十个字,画面动静相交,神秘诡异,隐藏着丰富的意象,为读者提供了可以产生无数联想的空间。月黑之夜,汉军奇袭敌营,大获全胜,敌军溃败逃窜,汉军在风雪中乘胜追击。黑夜,飞雁,奔马和骑士,飞雪和刀弓,这些意象构织成的情境,可以供小说家的笔墨衍生成情节跌宕惊险的故事。

唐代的边塞诗,写出了西北边地的辽远和荒凉,抒发的是豪迈苍凉的情调。诗人感叹大自然的高旷,也讴歌戍边的将士英勇。李益、王昌龄、高适、岑参、王之涣、王翰,都是著名的边塞诗人。此刻,涌现在我脑际的,是王昌龄的《出塞》,也是写边关将士,和卢纶的《塞下曲》异曲同工:"骝马新跨白玉鞍,战罢沙场月色寒。城头铁鼓声犹振,匣里金刀血未干";也想起了李白的《塞下曲》:"将军分虎竹,战士卧龙沙。边月随弓影,胡霜拂剑花"。唐代的这类诗歌,充满了传奇色彩和英雄气概,有阳刚之气。这些诗的出现,使唐诗的风格和境界更为恢弘阔大。

战 城 南

唐代不少边塞诗,有苍凉阔大的意境,也有英雄豪迈的气概。对戍边御敌的将士,诗中有不少赞美。这类诗,丰富了唐诗的风格。卢纶的《塞下曲》是代表作,李白也写过类似的诗篇。

不过,对穷兵黩武,对战争和杀戮,大多数诗人都不会持赞赏的态度。李白的《战城南》,便是一首反战诗:

去年战,桑干源;今年战,葱河道。洗兵条支海上波,放马天山雪中草。万里长征战,三军尽衰老。匈奴以杀戮为耕作,古来惟见白骨黄沙田。秦家筑城备胡处,汉家还有烽火燃。烽火燃不息,征战无已时。野战格斗死,败马号鸣向天悲。乌鸢啄人肠,衔飞上挂枯树枝。士卒涂草莽,将军空尔为。乃知兵者是凶器,圣人不得已而用之。

李白这首诗中,叙事抒情结合,把战争的残酷和对人类的伤害描述得惊心动魄。对士兵和百姓而言,长期的征战必定是苦痛和灾难,家园毁灭,生灵涂炭,满目凄惨。选择战争,就是选择了生离死别,选择了流血和死亡。姜子牙《六韬》中有议论:"圣王号兵为凶器,不得已而用之。"李白直接引用此语,点明主题,作为诗的结论。

李白的《经乱离后天恩流夜郎忆旧游书怀赠江夏韦太守良宰》,和《战城南》一样,也是表现战争的残酷,写得更是言简意赅:

"汉甲连胡兵,沙尘暗云海。草木摇杀气,星辰无光彩。白骨成丘山,苍生竟何罪。"这首诗,使我联想到他的《塞下曲》:"将军分虎竹,战士卧龙沙。边月随弓影,胡霜拂剑花。"这是对战场勇士的歌颂,把战地的景象写得诗意盎然。而《战城南》和"汉甲连胡兵",诗中出现的也是边地和战争的景象,却完全是另外一种恐怖的景象,诗人流露的,不是胜利者的豪气,而是悲天悯人的心情了。

写战争的残酷,很自然想到杜甫的《兵车行》,其中的诗句,读来让人心惊。诗中写军人出征时的悲苦情状,可以说是惨绝人寰:"耶娘妻子走相送,尘埃不见咸阳桥。牵衣顿足拦道哭,哭声直上干云霄。"战争的结果是什么呢?且看杜甫怎么描绘:"君不见青海头,古来白骨无人收。新鬼烦冤旧鬼哭,天阴雨湿声啾啾。"把战争的苦难和恶果写得如此深刻酣畅,也只有李白、杜甫这样的大诗人能做到。

我印象中,写战争的残酷,还有一首唐诗,读后无法忘怀。这是曹松的《己亥岁感事》:"泽国江山入战图,生民何计乐樵苏。凭君莫话封侯事,一将功成万骨枯。"此诗广为流传,是因为最后一句"一将功成万骨枯"。无须解释,读者都会心生共鸣,尤其是从战场归来的士兵。曹松名气不大,这首诗却成为唐诗中的名篇。

相思渺无畔

中国古诗中,写男女情爱的作品不计其数,这是诗人常写常新的永恒主题。和现代诗及外国诗不同的是,古时诗人写爱情,很少以第一人称出现,直接表达对爱情的渴望和对爱人的思念。陆游的《钗头凤》,感叹自己的爱情悲剧,对昔日恋人直抒胸臆,在古人诗篇中,是难得的一例。古诗中写男女情爱,诗人常常是以他人的口吻想象描绘的居多。闺怨,是古人表现情爱的常见题材,所有的诗人创作都涉及这类题材。那些渴望得到爱情,却被冷落甚至抛弃的女性,她们的哀怨和愁苦,大多是通过男诗人的吟咏而得到表现。

譬如李白的两首五绝,一首题为《玉阶怨》:"玉阶生白露,夜久侵罗袜。却下水精帘,玲珑望秋月";另一首题为《怨情》:"美人卷珠帘,深坐颦蛾眉。但见泪痕湿,不知心恨谁"。这是用诗句描绘的两幅怨妇图画,两个在夜色中孤独忧伤的女子,一个望月叹息,一个深坐垂泪。弦外之音,读者一看就明白,这是失恋女子的情态。

同类型的诗作,唐诗中不胜枚举。李端的七绝《闺情》,写一个相思女子通宵不眠:"月落星稀天欲明,孤灯未灭梦难成。披衣更向门前望,不忿朝来鹊喜声。"这首诗,有意思的是最末一句,一夜苦想,美梦难成,早晨迎来的却是喜鹊鸣唱。可以想象一下,对一个愁苦到极点的孤独女子,听到那喜鹊的叫声,会是怎样的心情。李冶的《相思怨》,把相思女子的痴情写得感天动地:"人道海水深,不抵相思半。海水尚有涯,相思渺无畔。携琴上高楼,楼虚月华满。弹著相思曲,弦肠一时断。"此诗前半段议论,后半段写实,一个女子在高楼月下弹奏相思曲,肝肠寸断。

古时很多男人外出谋生,留守在家的妻子度日如年,盼夫归来,是很多古诗的主题。如王建的《望夫石》,读来让人心惊:"望夫处,江悠悠,化为石,不回头。山头日日风复雨,行人归来石应语。"妻子伫立江畔望夫归来,化为石头。望夫石这一形象,曾在很多诗人的作品中出现。此类诗中,最令我难忘的,是李益的《江南曲》:"嫁得瞿塘贾,朝朝误妾期。早知潮有信,嫁与弄潮儿。"这也是一首闺怨诗,但角度独特。一个嫁给商人的女子,常常被言而无信的丈夫丢弃在家独守空房,于是发出怨恨的叹息。嫁给这样没有信义的商人,不如嫁给与潮汐为伴的人,潮汐有规律,有信义,该来的时候一定会来。在闺怨诗中,"早知潮有信,嫁与弄潮儿"这两句,虽然无奈却嘹亮而清新。

古时闺怨诗,作者多为男性,在当时也正常。原因很简单,写诗并传世成名的,大多是男人。我相信一定有不少多情才女,也写过类似的作品,只是自我欣赏而没有被流传。还好,历史上有几位女诗人,她们的创作,证实了这一点。唐代女诗人鱼玄机,就有这类佳作流传,她的七绝《江陵愁望有寄》,极为感人:"枫叶千枝复万枝,江桥掩映暮帆迟。忆君心似西江水,日夜东流无歇时。"李清照写过很多相思词,词中浓厚的哀情愁绪,因为真切,使很多男诗人的作品为之失色,譬如她的《一剪梅》:"红藕香残玉簟秋。轻解罗裳,独上兰舟。云中谁寄锦书来?雁字回时,月满西楼。花自飘零水自流,一种相思,两处闲愁。此情无计可消除,才下眉头,却上心头。"这首词是李清照表达对丈夫的思念,写得柔情绵绵,非同寻常,引起无数读者的共鸣。

绕床弄青梅

写前篇《相思渺无畔》,提到李白的两首闺怨诗《玉阶怨》和《怨情》,竟感觉自己是在向读者误导李白。如果李白只会写这类哀伤悲凄的诗歌,怎么能成为一代诗仙?那篇文章收尾时,我想起了李白的《长干行》,也是写爱情,写闺怨,却是完全不同的另外一种风格和境界。儿时背过很多唐诗,《长干行》是我最喜欢的作品之一,那种活泼清新和真挚亲切,让人读过就会铭刻在心,难以忘怀。

且重温一下《长干行》:

妾发初覆额,折花门前剧。郎骑竹马来,绕床弄青梅。同居长干里,两小无嫌猜。十四为君妇,羞颜未尝开。低头向暗壁,千唤不一回。十五始展眉,愿同尘与灰。常存抱柱信,岂上望夫台。十六君远行,瞿塘滟滪堆。五月不可触,猿声天上哀。门前迟行迹,一一生绿苔。苔深不能扫,落叶秋风早。八月蝴蝶黄,双飞西园草。感此伤妾心,坐愁红颜老。早晚下三巴,预将书报家。相迎不道远,直至长风沙。

这首诗共三十句,一百五十个字,叙述了一个曲折动人的爱情故事,时间跨度很长,从女主人公的童年一直写到成年。全诗以女主人公自述的口吻展开,一往情深,真切感人。前六句,写童年生活,写得活泼生动,有情景,有画面。女主人公的郎君是她童年的玩伴,"青梅竹马"和"两小无猜"这两个成语,就源出于此,成为中国人描述童年男女亲密相处的代名词。"十四为君妇"之后八句,是写新婚之后的甜蜜生活。女主人公由一个羞涩的小姑娘,逐渐情感炽烈,终于沉浸于爱恋。"常存抱柱信",用了一个典故,典出《庄子·杂篇·盗跖》,一个叫尾生的男子和一个姑娘相约在梁柱下见面,姑娘没有来,却遇到大水泛滥,尾生仍不离开,最后抱柱而死。诗中用这个典故表现夫妻对爱情的坚贞。"十六君远行"之后四句,写夫妻离别。丈夫出远门,路途艰险,让妻子担惊受怕。"门前迟行迹"之后八句,写女主人公独守空房的苦闷,写刻骨铭心的思念。这思念,不是空洞的哀叹,而是通过对自然景物的描绘得以传达,绿苔,落叶,秋风,双飞的蝴蝶,无不巧妙折射了女主人公内心的忧郁和愁苦。最后四句,是女主人公直抒襟怀,自言自语,向远方的丈夫喊话:你无论什么时候回来,都要事先写信告诉我啊,我会不远千百里来迎接你,哪怕走到遥远的长风沙!和《玉阶怨》和《怨情》中那两个自怨自艾的女子相比,《长干行》中的女主人公显得健康清新,而且不屈从于命运。同是写闺怨,李白刻画了两种性格完全不同的女性,反差如此鲜明。

  这首诗,文风通俗,言语生动,节奏铿锵,音韵自由,虽是表现闺怨,读来却充满活力,让人向往人间美好的爱情,向往幸福的生活。有近人评论,这首诗,表现了古时女子反封建礼教,追求个性解放,这是现代人的语言,听起来有点滑稽。我相信,《长干行》中的人物和故事,不会是诗人枯坐书斋的虚构,李白浪迹天涯,阅人无数,他一定遇到过这样的女子,听说过这样的爱情。大千世界,芸芸众生,人间的苦难和枷锁,永远也无法封锁追求爱情和幸福的自由心灵。

参星和商星

参与商,是天空中的两颗星星。抬头仰望星空,却无法找到参星和商星。但我知道,这两颗星,相距遥远,永无相逢的机会。杜甫诗云:"人生不相见,动如参与商",活着而无法相会,那就如同的空中的参星和商星。

杜甫的这两句诗,是《赠卫八处士》的开首两句,这首诗,是唐诗中流传很广的作品,在杜诗中也是很特别的一首。诗中,杜甫记叙了与一位分别二十年的老友相见,生出无穷感慨。青少年时代的知交,久别重逢,会出现怎样的景象?且读杜甫的《赠卫八处士》:

> 人生不相见,动如参与商。今夕复何夕,共此灯烛光!少壮能几时?鬓发各已苍。访旧半为鬼,惊呼热中肠。焉知二十载,重上君子堂。昔别君未婚,儿女忽成行。怡然敬父执,问我来何方。问答乃未已,驱儿罗酒浆。夜雨剪春韭,新炊间黄粱。主称会面难,一举累十觞。十觞亦不醉,感子故意长。明日隔山岳,世事两茫茫。

卫八处士,史书中没有记载,不是官吏,也不是名人,是一个乡间隐士,不过毫无疑问,他是杜甫青年时代的好友。杜甫和卫八处士交往是在青春年少时,二十年后重逢,两人都已鬓发斑白,问起当年的朋友,很多已经离开人间。唏嘘间,看到未曾见过的下一代,分别时,友人还没有成婚,此时竟已儿女满堂。这是人生的收获,也是岁月的见证。儿女们是那么有礼貌,对父亲的朋友尊敬而友好。老友的招待很简单,清茶淡酒,韭菜黄粱,却胜似山珍海味,散发着友谊的温馨。在烛光下,老朋友举杯痛饮,一杯接一杯,酒逢知己,说不完的心里话。在诗中,杜甫把老友相见的场景以及自己的心情写得生动而感人。当时正是战乱年代,和老友相逢生出劫后余生的感慨,人生聚散无常,别易会难。读这样的诗,能感受到诗人内心的沉郁和苍凉。这首诗语言平淡朴素,虽是简洁白描,却能打动人心,原因无他,只因诗人的真挚。其中对人生的感伤,对岁月的感叹,对友谊的赞美,今天读来仍使人产生共鸣。

  古诗中,我偏爱五言诗。五言诗文字简洁,音韵铿锵,直抒胸臆,这也是《古诗十九首》千百年来魅力不衰的原因。杜甫的《赠卫八处士》,和《古诗十九首》同出一辙,有汉魏气韵,也使人联想到陶渊明的创作。但杜甫诗中表现的是他的当下生活,情感内涵比汉魏古诗更丰富,也更复杂。杜甫的诗句似乎是随心所欲,信手拈来,然而却跌宕有致,始终有一种扣人心弦的情感魅力,使人情不自禁随之叹息。全诗以"人生不相见"开篇,以"世事两茫茫"收场,苍凉之感溢于纸上,而诗中弥漫的温馨,则在苍凉之中萦回不尽。明末王嗣奭《杜臆》评价这首诗"信手写去,意尽而止,空灵婉畅,曲尽其妙"。清代浦起龙的《读杜心解》,认为此诗:"古趣盎然,少陵别调。一路皆属叙事,情真,景真,莫乙其处。"清代张上若说它"情景逼真,兼极顿挫之妙"。这些评价,我以为都切中要点,尤以两位清人的评价更为准确,如果不是真情流露,这样的诗不会如此动人。诗歌的形式和内容结合得如此完美,杜甫的《赠卫八处士》堪称典范。

人去鸿飞

对那些有故事背景的诗词,读者阅读欣赏的兴趣会更浓一些。有些典故,广为流传,稍有阅读经验的人都知道;有些诗词背后的人物和情节,隐匿在云里雾里,扑朔迷离,如同谜语。

苏东坡有一阕《卜算子》,写得曲折幽深,耐人寻味,诗中人影晃动,仙气缥缈,故事暗藏,让人心生好奇又难以捉摸:

> 缺月挂疏桐,漏断人初静。谁见幽人独往来?飘渺孤鸿影。
> 惊起却回头,有恨无人省。拣尽寒枝不肯栖,寂寞沙洲冷。

秋月朗照的夜晚,更深人静时,窗外有佳人,飘然往来,不知是人是仙。这样的情景,如同《聊斋》故事中的情景,书生夜读,狐仙来伴……我初读此词时,注意到前面的一个小序:"黄州定惠院寓居作",可以断定这是苏轼被贬黄州时所作,读苏轼的传记,也没有发现他住在定惠院中有什么奇遇。这首词中表现出的缥缈意境,一直被人赞赏,黄山谷曾如此评论:"语意高妙,似非吃烟火食人语。"这样的境界,"非胸中有万卷书,笔下无一点尘俗气"而不能抵达。

此词上半阕写鸿见人,下半阕写人见鸿。有人如此作评:此词借物比兴。人似飞鸿,飞鸿似人,非鸿非人,亦鸿亦人,人不掩鸿,鸿不掩人,人与鸿凝为一体,托鸿以见人。评得巧妙。

苏轼当然不可能有《聊斋》故事中的经历,但他这首诗,确实涵故事在其中。据《宋六十名家词》记载,此词还有一个序,是别人所写,记载的是与此有关的故事:"惠州有温都监女,颇有色。年十六,不肯嫁人。闻坡至,甚喜。每夜闻坡讽咏,则徘徊窗下,坡觉而推窗,则其女逾墙而去。坡从而物色之曰:'当呼王郎,与之子为姻。'未几,而坡过海,女遂卒,葬于沙滩侧。坡回惠,为赋此词。"这篇短文,和苏轼的词一样,也写得曲折缥缈,确实有点像《聊斋》故事,不过其中的人物似乎不是虚构,是一篇纪实文字。东坡在惠院定居时,夜晚读书吟诗时,总有一年轻美女在他窗前徘徊,东坡发现,推窗探望,那女子便翻墙而去。这情景,和苏轼词中所写,何其相似:"缺月挂疏桐,漏断人初静。谁见幽人独往来?飘渺孤鸿影。"这好像是一个年轻姑娘单相思的故事,当时苏轼已是一个六十多岁的老人,被一个十六岁的女子所恋,大概有点不知所措,便把女子介绍给王郎之子,希望他们能结秦晋之好。想不到那女子竟郁郁而亡。等苏轼远游归来,只看到沙洲侧畔一丘新坟。此词的下半阕,正是对这位痴情女子的伤怀和纪念:"惊起却回头,有恨无人省。拣尽寒枝不肯栖,寂寞沙洲冷。"

故事的真伪,早已无从考证。据说当时曾有文人去惠州寻访当事者,并留诗为证:"空江月明鱼龙眠,月中孤鸿影翩翩。有人清吟立江边,葛巾藜杖眼窥天。夜冷月堕幽虫泣,鸿影翘沙衣露湿。仙人采诗作步虚,玉皇饮之碧琳腴。"有苏东坡的词在,后人的这类诗,只能成蛇足了。

蛙鼓声声

儿时背诵的古诗中,有宋人赵师秀的《约客》:"黄梅时节家家雨,青草池塘处处蛙。有约不来过夜半,闲敲棋子落灯花。"中国人熟悉这首诗的前面两句,因为诗人用最通俗明白的语言,描绘出乡村初夏最常见的景象,人人读了都会有共鸣。江南夏夜的蛙鸣,是美妙的天籁,记得童年到乡下,曾经被蛙声震惊。白天玩得疲劳,晚上倒头便入睡,夜间做梦竟到了战场上,只听见枪炮噼啪,金鼓齐鸣,震天动地的声音将我惊醒。醒来,那巨大的声音仍在我耳畔回响,一阵响似一阵,如万人擂鼓,轰鸣不绝,整个世界都被这声浪填满。这是青蛙的大合唱,是生命在天地间发出的奇妙呼喊。年轻时也曾在城乡交界处住过,初夏时也夜夜听到蛙鸣,现在回想依然觉得美妙。

古代的诗人当然不会忽略了这大地上的奇妙天籁。在我读到的古诗中,凡出现蛙鸣,大多是美妙的声音,如唐代贾弇的五绝《孟夏》:"江南孟夏天,慈竹笋如编。蜃气为楼阁,蛙声作管弦";吴融的《蛙声》:"稚圭伦鉴未精通,只把蛙声鼓吹同。君听月明人静夜,肯饶天籁与松风";周朴的《春中途中寄南巴崔使君》:"旅人游汲汲,春气又融融。农事蛙声里,归程草色中";来鹄的《清明日与友人游玉粒塘庄》:"风急岭云飘迥野,雨馀田水落方塘。不堪吟罢东回首,满耳蛙声正夕阳"。还有很多写到蛙鸣的诗句,读来都让人感觉余韵不绝,如"蛙鸣夜半寻荷塘,误作星辰友人灯";"何处最添诗客兴,黄昏烟雨乱蛙声";"昨夜蛙声染草塘,月影又敲窗"。

贾弇在诗中把蛙声比作"管弦",虽然有想象力,但其实有点勉强。古人称蛙鸣为"蛙鼓",那才是形象的比喻。宋人王胜之有佳作:"蛙鼓鸣时月满川,断萤飞处草迷烟。敲门欲向田家宿,犹有青灯人未眠。"蛙声确实如擂鼓,而且常常是万鼓齐擂,颇有声势,难以想象是由这些小小的青蛙发出的声音。

写到蛙声的古诗,除了"黄梅时节家家雨,青草池塘处处蛙",最脍炙人口的,大概是辛弃疾《西江月·夜行黄沙道中》:

明月别枝惊鹊,清风半夜鸣蝉。稻花香里说丰年,听取蛙声一片。

七八个星天外,雨三点雨山前。旧时茅店社林边,路转溪桥忽见。

这是辛弃疾夜过江西上饶农村沿途的感受,在稼轩词中,这是写得很优美的一首。乡村的丰收景象,引发了诗人的好心情,这样愉悦的情绪,在他的作品中很难得。辛弃疾的词,更多的是苍凉,是蕴涵着凄楚的刚健,出现蛙声,未必都这样优美,他在《谒金门》中写到蛙声,就是完全不同的心情:"流水高山弦断绝,怒蛙声自咽",以万鼓齐擂般的蛙声表现这样的激昂悲愤,也很自然。

齐白石晚年曾以"蛙声十里出山泉"为题作画,是作家老舍为他出的题目,取自清人查慎行的诗句。这是一个难题,画笔如何描绘蛙声,而且是"蛙声十里"。白石老人不愧为大师,用很简洁巧妙的构思,完成了这个命题,他画了一条流动的山泉,水中只有几条活泼的小蝌蚪顺流而下,留给读者幽远阔大的想象空间。

已经很久没有听见蛙声了,此刻时值初夏,不知在江南的乡村之夜,是否还回荡着那响彻天地的蛙声?

饮 中 八 仙

在古代,诗和酒似乎密不可分,和酒有关的诗篇不计其数。杜甫在世人的印象中不如李白那么潇洒浪漫,也不像李白那样爱喝酒,但他也在诗中写酒。他的《饮中八仙歌》,描绘了他所钦敬的八位古时文豪的醉态,成为唐诗中和酒有关的名篇:

> 知章骑马似乘船,眼花落井水底眠。汝阳三斗始朝天,道逢麹车口流涎,恨不移封向酒泉。左相日兴费万钱,饮如长鲸吸百川,衔杯乐圣称避贤。宗之潇洒美少年,举觞白眼望青天,皎如玉树临风前。苏晋长斋绣佛前,醉中往往爱逃禅。李白斗酒诗百篇,长安市上酒家眠。天子呼来不上船,自称臣是酒中仙。张旭三杯草圣传,脱帽露顶王公前,挥毫落纸如云烟。焦遂五斗方卓然,高谈雄辩惊四筵。

诗中首先写到贺知章,虽只用了两句,却活画出诗人的醉态。酒后骑马,如在云雾中起伏飘荡,"骑马似乘船",是很有想象力的比喻。贺知章醉眼昏花跌落井底,在水中睡去,这是传说,现实中不太可能,如果从马上落井,必定即刻被人救起,而且一定狼狈不堪。不过这样的细节出现在诗中,则无不可。杜甫是用一种欣赏的姿态写酒醉落井的贺知章。此诗中第二位酒仙,是唐玄宗李隆基的侄儿,汝阳王李琎,这位皇侄,无视富贵,不恋权位,和当时的很多文人雅士结为知交,经常一起击鼓饮酒,此公路见曲车就满口流涎，可见其率真性情。接下来一位，是天宝元年左丞相李适之，此人被奸相李林甫排挤迫害而死。李适之罢相后，曾作诗曰："避贤初罢相，乐圣且衔杯"，"日费万钱"，豪饮如长鲸吸川，以泄心中不平。这也是杜甫欣赏的人，诗中有赞赏，也有哀叹。第四位崔宗之，现代人不熟悉他，杜甫只用三句诗，便生动勾画出一个正直而潇洒的人物形象：举杯向天，白眼阅世，玉树临风。第五位苏晋，是当时的一个才子，能著妙文，也长斋拜佛，但此公却常常破戒饮酒，我行我素，不为佛法所囿。其逃禅偷饮，显露出真诚可爱的性格。

第六位酒仙便是李白，写李白的四句，可谓脍炙人口，千百年来被人们视为太白的文字画像。杜甫诗中，对李白的酒事如数家珍。李白诗文名动京城，唐玄宗曾封他为翰林，是一个闲职。心气高傲的李白为之郁闷，常常独自到长安的酒肆中饮酒解闷，很多佳作是在酒后一挥而就。据说唐玄宗和杨贵妃有一天在观赏牡丹时，突然想到让李白来为牡丹作诗。太监高力士找到李白时，他正在街头酒肆喝得酩酊大醉，已经无法上船入宫。高力士不由分说，扶着李白来到宫中。唐玄宗见李白带醉来见，颇不悦，认为他醉成这样，不可能写诗。李白却自称酒中仙，能酒后作诗。唐玄宗以为李白是说醉话，但还是让高力士给李白斟了酒。李白连饮三杯之后，不假思索，写出三首《清平调》，成为千古绝唱：

云想衣裳花想容，春风拂槛露华浓。若非群玉山头见，会向瑶台月下逢。

一支红艳露凝香，云雨巫山枉断肠。借问汉宫谁得似，可怜飞燕倚新妆。

名花倾国两相欢，长得君主带笑看。解释春风无限恨，沉香亭北倚阑干。

醉后之作,竟然成为不朽诗篇,在人类的文学史中大概也是绝无仅有。这是诗仙李白创造的奇迹。

《饮中八仙歌》中写到的第七位酒仙,是草书大师张旭,张旭带醉书写狂草,在史书中有记载:"吴郡张旭善草书,好酒。每醉后,号呼狂走,索笔挥洒,变化无穷,若有神助。"杜甫在诗中展现了张旭酒后挥笔的景象。最后一位焦遂,今人也陌生。传说焦遂口吃,平时结巴得说不成一句话,醉后却高谈阔论,妙语如珠,使闻者叹服。

杜甫写《饮中八仙歌》,其实并非赞酒,而是叹才。才人志士,醉态可掬,身醉而心神不醉,醉翁之意不在酒也。

欲语泪先流

古人在诗中写泪的,不计其数。愁苦时流泪,忧伤时含泪,悲极喜极爱极恨极,都会有泪水相伴。也有莫名的泪水,是惆怅,是隐痛,是孤愤,诗人无法解释,写成诗句,便朦胧曲折,引人无限怀想。诗中的泪水,其实是人间挚情。泪者,心也,心灵百态千姿,绝无雷同,诗人含泪的诗句也同样变化无穷,折射人间情感的丰富,让一代代读者共鸣。

诗中泪水,常见的是儿女之情,《古诗十九首》中有很动人的例证:"迢迢牵牛星,皎皎河汉女。纤纤擢素手,札札弄机杼。终日不成章,泣涕零如雨。河汉清且浅,相去复几许?盈盈一水间,脉脉不得语。"这是相思之泪,情人分离,如牛郎织女被河川割断,思念之苦竟至涕泪如雨。女子爱流泪,男人也一样,杜甫的《月夜》,写他在兵乱流亡之时思念亲人,禁不住泪沾襟衫:"今夜鄜州月,闺中只独看。遥怜小儿女,未解忆长安。香雾云鬟湿,清辉玉臂寒。何时倚虚幌,双照泪痕干?"这样的泪水,比恋人相思之泪更凄苦。我记忆中印象深刻的这类诗句,还有柳永的"执手相看泪眼,竟无语凝噎",范仲淹的"明月楼高休独倚,酒入愁肠,化作相思泪"。

思乡之情,也使无数诗人泪水沾襟:"故园东望路漫漫,双袖龙钟泪不干"(岑参《逢入京使》);"共看明月应垂泪,一夜乡心五处同"(白居易《望月有感》);"羌管悠悠霜满地,人不寐,将军白发征夫泪"(范仲淹《渔家傲》);"晓来谁染霜林醉,总是离人泪"(王实甫《西厢记》)。

悲怆的泪水,在古诗中也随处可见,如屈原在《离骚》中长叹:"长太息以掩涕兮,哀民生之多艰。"最撼动人心的,还是陈子昂的《登幽州台歌》:"前不见古人,后不见来者。念天地之悠悠,独怆然而涕下。"

有些诗人的泪水,是无法言说清楚的,譬如李清照的《武陵春》:"风住尘香花已尽,日晚倦梳头。物是人非事事休,欲语泪先流";譬如李益的《上汝州郡楼》:"今日山川对垂泪,伤心不独为悲秋"。

杜甫诗中多悲歌,却也曾喜极而泣:"喜极翻倒极,呜咽泪沾巾。"中国人最熟悉的,是他的《闻官军收河南河北》:"剑外忽传收蓟北,初闻涕泪满衣裳。却看妻子愁何在,漫卷诗书喜欲狂。"人生有悲有喜,只要情到深处,便可能有泪水相伴。诗人多情,或许也多泪吧。

含泪的诗句中,李贺的两句有点惊心动魄:"空将汉月出宫门,忆君清泪如铅水。"思念之情,竟使得冰冷的金铜仙人也泪水盈眶。这使我联想起董解元写离情的诗句:"莫道男儿心如铁,君不见满川红叶,尽是离人眼中血",一样读之心惊。

李商隐有以《泪》为题的七律,为人间的离别之伤叹息,诗中没有一个泪字,却让人感叹不尽:"永巷长年怨绮罗,离情终日思风波。湘江竹上痕无限,岘首碑前洒几多。人去紫台秋入塞,兵残楚帐夜闻歌。朝来灞水桥边问,未抵青袍送玉珂。"

最有趣的含泪诗,是贾岛的《题诗后》:"两句三年得,一吟双泪流",写两句诗琢磨了三年,想起来伤心。这是诗人的自怜自艾。

能饮一杯无

二十年前韩国诗人许世旭访问中国,我陪他去杭州和绍兴。许世旭是韩国著名的汉学家,不仅精通汉语,还能用汉语写诗歌和散文。那次,是许世旭第一次访问中国,一路上,他无法抑止自己的激动。他说,无数次梦游唐诗宋词的故乡,现在身临其境,恍如梦游。那几天,他随身带着一瓶酒,走到哪里都会喝上一口。在西湖畔,他喝了一口酒,说:"我想起白居易的一首诗。"我问他哪一首,他马上就低吟出口:

绿蚁新醅酒,红泥小火炉。晚来天欲雪,能饮一杯无?

这是白居易的五绝《问刘十九》,也是我喜欢的唐诗。我曾经奇怪,这么简单的一首诗,没有什么情节,也没有惊人之句,为什么却让人回味不尽。诗中描绘的是喝酒的情景,也是对友情的讴歌和回忆。此诗又题为《同李十一醉忆元九》,是诗人在喝酒时回忆起一位叫刘十九的朋友。红泥小火炉上炖着热气腾腾的美酒,屋外虽然是就要下雪的寒夜,但和知心朋友在温暖的炉火前对酌,那是令人心动的景象。最后一句"能饮一杯无",尤其让人感动,这不是强制的或者无节制的劝酒,而是带着关切的心情,轻声询问:你是不是还能再喝一杯?全诗随着这句询问戛然而止,留给读者悠长的回味和联想。

《唐诗三百首》对这首诗有评价:"信手拈来,都成妙谛。诗家三昧,如是如是";《唐诗评注读本》中评论:"用土语不见俗,乃是点铁成金手段"。说得有理。

此诗中的"绿蚁",现代人已不知何物。最初这两个字的意思,是酒上的绿色泡沫,又称"碧蚁",后来则被作为酒的一种代称。晋代谢朓《在郡卧病呈沈尚书》中有"嘉鲂聊可荐,绿蚁方独持"之句,吴文英《催雪》中有"歌丽泛碧蚁,放绣箔半钩"之句,都是指酒。"红泥小火炉",也是令人神往的意象,简朴中透露出亲近和暖意。许世旭回国时,我送他一把宜兴紫砂壶,他捧在手中端详了一会,喃喃说道:"这就是白居易诗中的'红泥小火炉'吧。"白居易诗中的火炉,当然不会是宜兴的紫砂壶,不过许世旭的感觉没有错,紫砂壶的古朴和简洁,使他联想到白居易的诗中的情境和意象。

去年冬天,我受邀去韩国谈中国文学,许世旭来机场接我。当天晚上,在首尔热闹的明洞步行街,他找了一家风格纯正的韩国餐馆请我吃饭。餐馆里灯火幽暗,一个小火炉上,煮着一锅热气腾腾的面条,两个人举杯对酌,一杯接一杯,很自然地回想起二十年前西湖畔的往事。许世旭笑着问我:"能饮一杯无?"我们相视一笑,岁月的隔阂消逝得不见踪影。杯影晃动之间,分明有一个飘然的身影陪伴左右,那是白居易。

补记:编此书时,我的韩国老友许世旭先生已在一个月前猝然辞世。谨以这篇短文追念他,寄托我的哀思。

2010 年 7 月 31 日于上海四步斋

依依别情

多情自古伤离别。

年轻时读古诗,曾记下很多写离情别意的诗句,至今无法忘怀。

"悲莫悲兮生别离,乐莫乐兮新相知。"这是屈原《九歌》中的句子,是我读到的古代诗人中最早写别情的佳句。汉代的《古诗十九首》中,也有一些写离情的诗句,如"相去日已远,衣带日已缓","此物何足贵,但感别经时","以胶投漆中,谁能别离此"。这些写离别的诗句,朴素,直接,也很生动,以胶漆难离,比喻人的难分难舍,是汉代民间诗人的绝妙创造。

到唐代诗人们的笔下,就有了更多充满想象力的离愁别情,有些诗句,读来不仅让人共鸣,甚至让人心颤。李白和杜甫,在他们的诗篇中都有这方面的杰作。李白:"东流若无尽,应见别离情";杜甫:"不敢要佳句,愁来赋别离";李白:"春风知别苦,不教柳条青";杜甫:"感时花溅泪,恨别鸟惊心";李白:"狂风吹我心,西挂咸阳树";杜甫:"死别已吞声,生别常恻恻"。而杜甫这后面两句,是他梦见李白后写下的诗篇,情真意挚。如要搜集唐诗宋词中这类伤感诗句,绝不是一篇短文能容纳的。在我记忆中,最令人心惊的,是唐代无名氏的两句:"君看陌上梅花红,尽是离人眼中血。"在多情离人的眼中,红梅竟成血!

不过,别以为古人写离别都是悲戚哀伤,也有另类。最出名的,当然是汪伦踏歌送行,让李白发出"桃花潭水深千尺,不及汪伦送我情"之叹。宋人毛滂曾以这样的诗句赠别:"赠君明月满前溪,直到西湖畔。"我喜欢这两句,多年前曾以此题赠远行的友人。

现代人表达离别之情的言语,无非是"我很想你"之类,和古人的诗句一比,既寒酸,又不艺术。有时想想,真有点为想象力的退化而惭愧。

江畔独步寻花记

苏东坡喜欢杜甫的诗,在为他人写字时,常常抄杜诗,但他却偏偏不选名篇,而写杜诗中那些偶尔流露浪漫性情的词句,如《江畔独步寻花》:

黄四娘家花满蹊,千朵万朵压枝低。留连戏蝶时时舞,自在娇莺恰恰啼。

东坡在他的一篇小品中这样议论:"此诗虽不甚佳,可以见子美清狂野逸之态,故仆喜书之。昔齐鲁有大臣,史失其名。黄四娘独何人哉,而托此诗以不朽,可以使览者一笑。"这篇短文的结论,似乎是达官贵人不如妓女。大臣的显赫在他当权时,时过境迁,便被人忘记得干干净净;而一个青楼佳人,却因为诗人的描写而千古留名。这其实也是对文学和艺术影响力的赞美。这样的文字,很自然地使我想起李白的诗句:"屈平词赋悬日月,楚王台榭空山丘。"黄四娘和屈原,当然不能同日而语,屈原的诗篇如日月高悬,永世不落,而黄四娘,只是一个青楼女子,但是杜诗不死,四娘也就活在他的诗中。

苏东坡关于《江畔独步寻花》的这段议论,使我想起莎士比亚的一首十四行诗:

无论我是活着为你撰写墓志铭,

> 还是你活着而我已在地下腐烂,
> 即便我已被世界遗忘得一干二净,
> 死神却无法把我对你的赞美夺走,
> 你的名字将在我的诗中得到永生,
> 尽管我已死去,在人间销声匿迹,
> 留在大地上的只有一座荒坟野冢,
> 而你却会长留在人们的视野里。
> 未来的眼睛将对你百读不厌,
> 未来的舌头也将对你长诵不衰,
> 而现在呼吸的人们早已长眠。
> 我强劲的笔将使你活在蓬勃的世界上,
> 在活动的人群里,在人们口中。

莎士比亚的这首诗,被译成中文后读来有点拗口,我想那是翻译的问题,不过这首诗的意思很明白。诗人的生命虽然卑微,和任何人一样,生命结束,一切都终结。然而真正的诗和艺术不死,诗中讴歌的人和事物,不会随诗人的生命消失。莎士比亚诗中的"你",是人间永远的秘密,谁也无法知晓那个"你"是谁,但她(或者他),正如诗人所说,"你"将因为这些诗句的流传,活在人们的眼睛里,活在人们的传诵中。莎士比亚诗中的"你",和杜甫笔下的黄四娘,在这一点上有相同的命运,因为诗歌的传世,他们永远地活下来,活在一代代吟诵这些诗歌的读者的眼睛里,活在读者的吟诵中。

今天读《江畔独步寻花》,仍能感受到杜甫写此诗时欢悦轻松的心情。他一个人在江畔寻找美景,归来后作诗,满纸都是黄四娘家里美景,繁花盛开,彩蝶飞舞,娇莺啼鸣,似乎没有人物出现,其实诗中所有的意象都与黄四娘有关,都是在写诗人和黄四娘共度的美妙时光。谁也不知道和杜甫同时代的黄四娘的故事,她的美貌,她的热情,她和诗人之间的交往,早已模糊得找不到任何影踪,但是杜甫的诗活着,黄四娘就活着,而且可以引出读者的无穷想象。

诗 中 茶 味

在淮海路上的一家茶叶店门口,曾看到有人用大字抄写卢仝的《七碗茶歌》:"一碗喉吻润。二碗破孤闷。三碗搜枯肠,唯有文章五千卷。四碗发轻汗,平生不平事,尽向毛孔散。五碗肌骨轻。六碗通仙灵。七碗吃不得也,唯觉两腋习习清风生。"千余年前的古诗,出现在现代闹市,和时尚广告比肩,很有趣,也令人欣喜。

唐代诗人卢仝的这些诗句,其实是他《走笔谢孟谏议寄新茶》的一段,被后人抽出,成为流传最广的咏茶诗。卢仝的诗写得通俗,把饮茶的妙处写到了极致,这是艺术的夸张。虽然是他个人的感受和遐想,却让很多爱茶者心生共鸣。后来有不少人在诗中呼应他,苏东坡的"何须魏帝一丸药,且尽卢仝七碗茶",杨万里的"不待清风生两腋,清风先向舌端生"。尽管两位诗人名声比卢仝大得多,然而论咏茶,还是卢仝的"七碗茶"家喻户晓。

中国古诗中,写酒的篇章很多,诗和酒,似乎密不可分,文人无酒不成诗。写茶的诗,其实也不少,但流传广泛的名篇不多。不过仔细读唐宋诗词,和茶有关的佳作俯首可拾,诗人们把茶的种、采、焙,到种种喝茶的方式和境界,都写到了诗中。杜甫有"落日平台上,春风啜茗时";白居易有"食罢一觉睡,起来两碗茶"。韦应物有《喜园中茶生》:"洁性不可污,为饮涤尘烦。此物信灵味,本自出山原。聊因理郡余,率尔植荒园。喜随众草长,得与幽人言。"面对自家庭院里的茶树,一面品茗,一面想象山野景象,如与性情高洁的佳人促膝谈心,那是何等诗意。宋代文人咏茶的诗词特别多,苏东坡有《西江月》:"龙焙今年绝品,谷帘自古珍泉,雪芽双井散神仙,苗裔来从北苑。汤发云腴酽白,盏浮花乳轻圆,人间谁敢更争妍,斗取红窗粉面。"那种雅致,令人神往。他还有一首《汲江煎茶》,很细致地描绘如何煎茶:"活水还须活火烹,自临钓石汲深清。大瓢贮月归春瓮,小杓分江入夜瓶。雪乳已翻煎处脚,松风忽作泻时声。枯肠未易禁三碗,卧听山城长短更。"范仲淹的长诗《斗茶歌》,也是流传很广的咏茶诗,把武夷山区的斗茶习俗写得活灵活现,我尤其喜欢诗中最后几句:"不如仙山一啜好,泠然便欲乘风飞。"

说到茶诗,有一首诗必须提一下,那是唐诗人元稹的《茶》,在唐诗中,它的形态很独特:

  茶。
  香叶,嫩芽。
  慕诗客,爱僧家。
  碾雕白玉,罗织红纱。
  铫煎黄蕊色,碗转曲尘花。
  夜后邀陪明月,晨前命对朝霞。
  洗尽古今人不倦,将知醉后岂堪夸。

这里分行排列,每行从一字到七字,状如宝塔。千年之后,追求形式感的现代派诗人也写过类似的文字,自以为独创,其实老祖宗早已做过尝试。

竹 风 拂 心

我喜欢竹,年轻时在崇明岛"插队落户",曾经迷恋村前宅后的竹园。干活劳累时,躺在竹荫中小憩,听风吹竹叶幽响不绝,看眼前天光绿影斑驳,记忆中和竹子有关的古诗纷纷涌上心头。最熟悉的是王维的《竹里馆》:"独坐幽篁里,弹琴复长啸。深林人不知,明月来相照。"此诗从小会背诵,在乡村竹园里独自吟哦时,却难以体会它的妙处。那时,衣衫褴褛,面有菜色,饥饿,疲惫,没有明月相照,更没有古琴可弹,哪里来那一份闲适和风雅。倒是想起唐人的另一首咏竹诗《湘竹词》,有些共鸣:"万古湘江竹,无穷奈怨何?年年长春笋,只是泪痕多。"写诗需要灵感和情绪,读诗其实也一样,不同的心情和处境,读相同的诗,也许会有完全不一样的感受。

在城市里生活,和竹子相处的机会不多,读古人的咏竹诗篇,似有清风扑面。南朝刘孝先的《咏竹》,是最早以竹为题的诗:"竹生荒野外,梢云耸百寻。无人赏高节,徒自抱贞心。耻染湘妃泪,羞入上宫琴。谁能制长笛,当为吐龙吟。"那也许是诗人以竹自比,感叹怀才不遇,最后那两句,很有想象力。唐诗宋词中,写到竹子的诗不计其数。李贺写过一组咏竹诗,流传虽不广,其中有佳句:"风吹千亩迎雨啸,鸟重一枝入酒樽。"刘禹锡写《庭竹》,也很生动:"露涤铅粉节,风摇青玉枝。依依似君子,无地不相宜。"李商隐咏竹笋,思绪极奇妙:"皇都陆海应无数,忍剪凌云一寸心。"苏东坡的爱竹,也许是前无古人,竹子和他终身相伴,不管到哪里,他的眼帘里不能没有竹荫,"宁可食无肉,不可居无竹",是他的名言。年轻时,东坡咏竹有豪迈之风:"门前万竿竹,堂上四库书";中年看竹,心情趋平淡:"疏疏帘外竹,浏浏竹间雨。窗扉净无尘,几砚寒生雾";到老年:"累尽无可言,风来竹自啸","披衣坐小阁,散发临修竹",由豪迈到平静恬淡。这是他人生的轨迹,而诗中之竹,正是他不同时期的心态写照。

　　唐诗咏竹诗句中,读来最亲切者,莫如刘长卿《晚春归山居题窗前竹》中两句:"始怜幽竹山窗下,不改清荫待我归。"这诗句中,竹子是忠诚亲切的朋友,永远默默站立在那里,以清凉的绿荫迎候诗人归来。

欲　　飞

庄子是中国古代最伟大的浪漫文人,他那些自由放浪、大胆不羁的想象,直到今天依然让人惊叹。

"昔者庄周梦为蝴蝶,栩栩然蝴蝶也……不知周之梦为蝴蝶与,蝴蝶之梦为周与?"庄周的这个梦,是人类文学作品中记录的最奇妙的梦境之一。在梦中,庄子变成了蝴蝶,翩然飞舞于天空,对于走在地上的人来说,这是无比奇妙的感觉。然而庄周还有更奇妙的想法,这蝴蝶之梦,究竟是诗人梦中化蝶,还是蝴蝶梦中变成了诗人?这一问,让人产生无尽联想。其中蕴藏的哲学玄机和人生禅味,两千多年来为人津津乐道。

飞翔,是万千年来人类的梦想。古人常常在他们的诗中表现这样的理想,诗人梦想自己变成飞鸟,梦想能腾云驾雾,乘风飞入太空。飞上天后干什么?当然要看看天堂的景象。而这样的景象,全凭诗人的想象。李贺有名作《梦天》,诗中写的就是天上的奇景:

老兔寒蟾泣天色,云楼半开壁斜白。玉轮轧露湿团光,鸾佩相逢桂香陌。黄尘清水三山下,更变千年如走马。遥望齐州九点烟,一泓海水杯中泻。

李贺的《梦天》,从头至尾充满了诡异和怪诞,天宫的景象,在他的诗中并非完美,所有的描绘,都给人凄冷悲凉的感觉。"老兔寒蟾"在灰暗的天色中哭泣,惨白的光芒斜照着半壁月宫。"玉轮轧露湿团光,鸾佩相逢桂香陌"两句,是写天宫的绮丽,玉轮碾过之处,荧光闪烁,每一滴露珠上都映射湿润的月光,仙人们迎面而过,能听到他们身上的玉佩叮当作响,能闻到风中的玉桂清芬。对天堂的描绘,也就到此为止。后面四句,是诗人对时空的怀想和感慨,人间的千年万载,在天上只是走马的瞬间,而在空中俯瞰人世,那广袤大地不过是几缕尘烟,浩瀚大海只是天仙的杯中之水,生命是何等渺小。我以为,这首诗中,最后那几句,才是真正的绝唱。在地上,在人群中,很难产生如此缥缈阔大的奇想,只有思绪飞升到高天云霄,感觉自己已成天宫的一员,在九霄云外遥望人间,才可能写出这样的诗句。

　　李贺是中唐的诗坛奇才,被称为"诗鬼",他因讳父名而断了仕进之路,一生抑郁不得志,只活了二十七岁。但他的诗歌却是唐诗中一座巍峨峻拔的奇峰。他诗中的悲凉情调,是发自内心的自然流露。生不逢时,人间无望,便幻想飞上天去寻求,天上其实更寂寥虚幻。就如李商隐所咏:"嫦娥应悔偷灵药,碧海青天夜夜心";也如苏东坡所叹:"又恐琼楼玉宇,高处不胜寒"。然而李贺因为敢大胆梦想,才写出不朽的诗篇。他还有一首诗题为《天上谣》:"天河夜转漂回星,银浦流云学水声。玉宫桂树花未落,仙妾采香垂佩缨。秦妃卷帘北窗晓,窗前植桐青凤小。王子吹笙鹅管长,呼龙耕烟种瑶草。粉霞红绶藕丝裙,青洲步拾兰苕春。东指羲和能走马,海尘新生石山下。"这首诗,把梦入天宫的景象写得更加具体,更加波谲云诡、扑朔迷离,今人吟读,仍会惊叹他的奇思妙想。

唐 人 咏 梅

梅花是中国人的花。在冰天雪地中梅花傲然绽放,是春天的先兆,是生命坚忍美丽的象征,无法统计古往今来有多少人赞美过梅花,用文字,用画笔,用音乐。

古诗中的梅花,在唐代以前就有,有人咏梅颂春,也有人通过梅花写闺怨,写友情。晋代诗人陆凯,曾经折梅赠远方友人,并附短诗:"折梅逢驿使,寄与陇头人。江南无所有,聊赠一枝春",被后人传为佳话。陆凯这首写梅花的诗,是唐代之前咏梅诗中被人传诵较多的一首。唐诗中风花雪月不计其数,咏梅诗也很多,李白、杜甫、王维、李商隐,都在诗中吟咏过梅花。

李白的"两小无嫌猜,绕床弄青梅","五月梅始黄,蚕凋桑柘空",诗中出现梅字,其实并非吟咏梅花。"五月梅始黄",写的是梅子成熟的景象。李白的时代,梅树大多是果梅,梅花还没有成为专被用作观赏的花,人们更多注意花后的果实。

杜甫有《江梅》:"梅蕊腊前破,梅花年后多。绝知春意好,最奈客愁何?雪树元同色,江风亦自波。故园不可见,巫岫郁嵯峨。"杜甫是借梅花写思乡客愁,在杜诗中,这些句子平平无奇,纵览古人咏梅诗,也不算上佳之作。

王维两首五绝咏梅,其一:"君自故乡来,应知故乡事。来日绮窗前,寒梅著花未?"唐人咏梅诗中,这四句流传较广,不过诗的意境,并非直接描绘梅花,也不是赞颂梅花,只是借问梅讯表达思乡之情。其二:"已见寒梅发,复闻啼鸟声。心心视春草,畏向玉阶生。"诗写得委婉曲折,但读后似乎无法留下对梅花的印象。

李商隐写过几首梅花诗,一首五绝《忆梅》:"定定住天涯,依依向物华。寒梅最堪恨,长作去年花。"另一首《十一月中旬至扶风界见梅花》:"匝路亭亭艳,非时裛裛香。素娥惟与月,青女不饶霜。赠远虚盈手,伤离适断肠。为谁成早秀?不待作年芳。"李商隐也是通过梅花感叹韶光流逝,诗中对梅花的描绘,有前人未提及的意象,梅花的繁茂、幽香,还有月光霜雪般的高洁,被构织成简洁而多彩的诗句。不过,在李商隐的诗作中,这两首咏梅诗都不能算精品,现在也大概不会有多少人记得。

唐诗中,咏梅诗写得出色的,我以为还是齐己和王适的两首,虽然名声不算大,但值得一提。齐己的诗题为《早梅》:"万木冻欲折,孤根暖独回。前村深雪里,昨夜一枝开。风递幽香出,禽窥素艳来。明年如应律,先发望春台。"诗中寒梅雪夜绽开,风递幽香,在严冬引发生命律动,传送春天消息,写得生动而有情趣。王适的诗题为《江上梅》:"忽见寒梅树,花开汉水滨。不知春色早,疑是弄珠人。"此诗中妙的是后两句,梅花在寒冬吐苞,观花人不知春讯已发,以为江畔有人弄珠。梅花骨朵如珠,很形象。

以前有一种看法,宋人"以理入诗,味同嚼蜡",和唐诗不能相提并论。然而拿宋人的咏梅诗和唐诗作比较,这种看法便站不住脚了。

梅花天地心

在宋代之前,中国的古诗中,没有几首写梅花的诗脍炙人口。到宋代,写梅花的诗人多,被人传诵的佳作也多,今人能熟记的咏梅诗,大多为宋人所作。宋代诗人写梅花,不仅讴歌梅花的美,还借梅花的特质赞扬高洁的品格。可以说,是宋人将梅花抬到了空前的高度,并且一直延续至今。

宋人林和靖的七律《山园小梅》,在咏梅诗中占重要一席:"众芳摇落独暄妍,占尽风情向小园。疏影横斜水清浅,暗香浮动月黄昏。霜禽欲下先偷眼,粉蝶如知合断魂。幸有微吟可相狎,不须檀板共金樽。"此诗写得艳丽,但诗中意象新奇,"暗香浮动"和"疏影横斜",成为最经典的咏梅诗句之一,以后不断被人引用。林和靖是北宋隐士,一生不娶不仕,自称以梅为妻,以鹤为子,所谓"梅妻鹤子",典故便出于他。他能写出如此美妙动情的咏梅诗,很自然。姜夔后来以《暗香》和《疏影》为题赋词,并成为自己的代表作。

宋代诗人中,陆游咏梅的诗写得最多,影响也最大。陆游认为梅花在百花中品格最高,他的《卜算子·咏梅》,是讴歌梅花高洁品格的代表作:"驿外断桥边,寂寞开无主。已是黄昏独自愁,更著风和雨。无意苦争春,一任群芳妒,零落成泥碾作尘,只有香如故。"陆游诗中,梅花性情淡泊却意志坚忍,而且具有奉献精神,这样写,并不牵强,了解梅花习性的人,都会为之共鸣。陆游一生爱梅、咏梅,并以梅自喻。他写过《梅花绝句》,诗中赞梅花,也寄托自己的情怀,可谓咏梅见人,人梅合一。陆游《梅花绝句》之一:"闻道梅花坼晓风,雪堆遍满四山中。何方可化身千亿,一树梅花一放翁。"之二:"幽谷那堪更北枝,年年自分着花迟。高标逸韵君知否,正是层冰积雪时。"之三:"雪虐风饕愈凛然,花中气节最高坚。过时自合飘零去,耻向东君更乞怜。"第一首中"何方可化身千亿,一树梅花一放翁"两句,将诗人对梅花的喜爱写到了极致,他恨不得将自己化身千亿,和天下所有的梅花合而为一,去抗击风雪,一展坚忍高雅的美姿。

王安石也写过非常出色的咏梅诗,影响最大的是五绝《梅》:"墙角数枝梅,凌寒独自开。遥知不是雪,为有暗香来。"诗中"暗香",可见林和靖《山园小梅》的影响之深远。

宋代的名诗人,几乎人人都有咏梅佳句。辛弃疾:"更无花态度,全是雪精神。"陈亮:"一朵忽先变,百花皆后香;欲传春信息,不怕雪埋藏。"苏东坡:"斩新一朵含风露,恰似西厢待月来。"朱熹:"梦里清江醉墨香,蕊寒枝瘦凛冰霜。"黄庭坚:"折得寒香不露机,小窗斜日两三枝。"卢梅坡:"梅须逊雪三分白,雪却输梅一段香。"杨万里:"无端却被梅花恼,特地吹香破梦魂。"……集宋人咏梅诗句,可构织一个浩瀚纷繁的梅花世界。

多年前曾有过关于选国花的讨论,却一直没有结论。在国花的候选榜上,有两种花呼声最高,一种是牡丹,另一种是梅花。牡丹被喻为天香国色,是开在春天的艳美之花;而梅花,虽无牡丹的艳丽,却有高坚的风骨和清幽的品质,是天地间的生命之精灵。如果让我二者选一,我选梅花。

黄山谷和水仙

冬去春来,水仙花在很多人家的案头静静开放,倾吐幽香,传送着令人神往的春天气息。开花的水仙也许是亲友所赠,清芬是人间友情的气息;如果是自家培养,那么这盆中绿叶和鲜花,便是你用勤劳和真诚邀请来的凌波仙子。

想写一篇古人吟咏水仙的文字,却发现,在唐诗中,基本没有提到水仙的诗作。温庭筠有一首《水仙谣》,不是写花,而是写水中的神仙:"水客夜骑红鲤鱼,赤鸾双鹤蓬瀛书。"在唐代,水仙大概还是罕见的花卉,大多数诗人不认识它们。大量出现描写水仙的诗词,是在宋代。宋词中,吟水仙的作品不计其数。说实话,宋词中很多吟咏水仙的作品,我并不喜欢,或是写得浓艳,或是写得酸涩,不合水仙清幽淡雅的品格。

宋代的诗人中,写水仙最多的,是黄庭坚,我读到过的就有七首。写水仙出色的,也是黄庭坚,水仙的美妙和特质,在他的诗中都能体会到。他有两首吟水仙的七绝,以通俗的言辞很形象地写出了水仙的特点。第一首:"淤泥解作白莲藕,粪壤能开黄玉花。可惜国香天不管,随缘流落小民家。"水仙能在普通环境中生长,生命力强,虽有国色天香之姿,却没有高贵的架子,被普通百姓亲近喜欢,是很自然的事情。第二首:"借水开花自一奇,水沉为骨玉为肌。暗香已压荼蘼倒,只比寒梅无好枝。"只需一盆清水,水仙便可以将自己的生命绽放的过程美妙地展现,其形色,其幽香,在百花园中自可称绝。

一次，一位名叫王充道的朋友送给黄山谷五十枝水仙，他写了一首七言古风，诗前有短序："王充道送水仙花五十枝，欣然会心，为之作咏。"全诗如下："凌波仙子生尘袜，水上轻盈肯微月。是谁招此断肠魂？种作寒花寄愁绝。含香体素欲倾城，山矾是弟梅是兄。坐对真成被花恼，出门一笑大江横。"

这首以水仙拟人的诗写得飘逸灵动，"含香体素欲倾城"，是对水仙的极高评价。诗中还提到另外两种花，山矾和梅花，"矾弟梅兄"，不知出典何处，杨万里写水仙的诗中也有"银台金盏何谈俗，矾弟梅兄未品公"之句。山矾花，是一种白色的小花，有幽香，花朵类似水仙，但小得多，所以被喻为水仙的弟弟；而梅花，当然是兄长了；在弟兄之间的水仙，则是清灵水秀的女子，是凌波仙子。黄庭坚对水仙的喜爱，已到痴迷的地步，他深信这样的传说，水仙是天地间的精灵，白天在人间庭院显身为花，夜间便恢复仙子原形回到大江中，日夜轮回。此诗最后一句，"出门一笑大江横"，写的就是水仙夜间回江。姚绶的《水仙花赋》中，曾写到黄庭坚与凌波仙子相遇交往，这当然是虚构的故事了。

黄庭坚吟水仙的诗作中，写得最精彩的，是《刘邦直送早梅水仙花四首》。朋友送来的水仙，引发了黄山谷的诗兴，四首七绝，可谓字字珠玑。

　　簸船绠缆北风嗔，霜落千林憔悴人。欲问江南近消息，喜君贻我一枝春。

　　探请东皇第一机，水边风日笑横枝。鸳鸯浮弄婵娟影，白鹭窥鱼凝不知。

　　得水能仙天与奇，寒香寂寞动冰肌。仙风道骨今谁有？淡扫蛾眉簪一枝。

钱塘昔闻水仙庙,荆州今见水仙花。暗香靓色撩诗句,宜在林逋处士家。

四首诗中,写得最妙的,是第三首,流传也最广。赞美水仙的词汇,对水仙的比喻,写来写去,雷同颇多,不同诗人的句子,常给人似曾相识之感,只有写得真切自然,写出自己的独特感受,才能高于他人。黄山谷吟咏水仙的诗,已和他的书法一样,成为中国古典艺术中不朽的精品。只要水仙花还在人间开放,他这些诗句的生命力就不会消失。

诗 和 琴

古人诗中写到音乐的,不计其数。其中涉及最多,当然是古琴。琴棋诗画,在古人的雅好中,琴排在第一位。说到写听琴的古诗,不得不提到韩愈的《听颖师弹琴》,这是一首极有韵味的诗,在写作上也有特点:

> 昵昵儿女语,恩怨相尔汝。划然变轩昂,勇士赴敌场。浮云柳絮无根蒂,天地阔远随飞扬。喧啾百鸟群,忽见孤凤凰。跻攀分寸不可上,失势一落千丈强。嗟余有两耳,未省听丝篁。自闻颖师弹,起坐在一旁。推手遽止之,湿衣泪滂滂。颖乎尔诚能,无以冰炭置我肠!

韩愈写琴声,别出心裁,诗中的情景和意象,似乎都和弹琴无关,其实每一句都是对琴声的想象和描绘。在诗中,琴声时而委婉亲昵如儿女对话,时而又昂扬激越如勇士呐喊,时而如百鸟齐鸣漫天喧哗,时而如孤凤悲啼低回盘旋。写琴声的悠扬飘忽,则"浮云柳絮无根蒂,天地阔远随飞扬",这两句,是韩愈的名句,也是古人写琴声的佳句。诗的下半部分,写到他听琴时坐在一旁感动的情景,泪湿衣襟,不能自制,最后对颖师发出"无以冰炭置我肠"的感叹。

此诗题为《听颖师弹琴》,诗中却没有出现一个琴字,这是韩愈的高明之处。其实,诗中所有的意象、声形,都是对琴声的描绘和想象。就是因为诗中没有"琴"字,后人竟然对此诗存疑。有一次,欧阳修问苏东坡:写琴的诗中哪一首最佳?苏东坡不假思索回答:韩愈的《听颖师弹琴》。欧阳修说:这首诗确实不错,但此诗所写不是听琴,是听琵琶。欧阳修作此判断,根据便是诗中未见琴字,也是想当然。苏东坡认为欧阳修的看法有道理,居然也改变看法,认为韩愈是写听琵琶了。后来有朋友求苏东坡为一位琵琶高手写词,东坡将韩愈的这首诗稍加修改,写成了《水调歌头》,词前有序文,记录了他和欧阳修的交流。序曰:"欧阳文忠公尝问余:琴诗何者最善?答以退之听颖师琴诗最善。公曰:此诗最奇丽,然非听琴,乃听琵琶也。余深然之。建安章质夫家善琵琶者,乞为歌词。余久不作,特取退之词,稍加隐括,使就声律,以遗之云。"

且看苏东坡如何把韩愈听琴的诗改成了听琵琶的词:

> 昵昵儿女语,灯火夜微明。恩怨尔汝来去,弹指泪和声。忽变轩昂勇士,一鼓填然作气,千里不留行。回首暮云远,飞絮搅青冥。　众禽里,真彩凤,独不鸣。跻攀寸步千险,一落百寻轻。烦子指间风雨,置我肠中冰炭,起坐不能平。推手从归去,无泪与君倾。

苏东坡的《水调歌头》,不能算独创,只是对韩愈的诗作了一点删改,根据词牌的格式,增加了一些文字。苏东坡毕竟不是等闲之辈,经他"稍加隐括",那些文字便有了新的气象。对照读一下,很有趣。不过,说韩愈的诗不是写听琴而是听琵琶,那实在是千古冤案。和韩愈同时代的李贺,也写过听颖师弹琴的诗,颖师是当时弹古琴的高手,这是没有疑问的。

弦管暗飞声

古人在诗中描绘的音乐，我们大多都已经无法听到。然而那些吟咏音乐的诗篇，直到今天依然令我神往。

白居易的《琵琶行》中那些美妙的诗句，已成为中国人记忆中最熟悉的诗句："大弦嘈嘈如急雨，小弦切切如私语。嘈嘈切切错杂弹，大珠小珠落玉盘……银瓶乍破水浆迸，铁骑突出刀枪鸣。曲终收拨当心画，四弦一声如裂帛。"把琵琶的声音转化成这样的文字，是天才所为。

唐人诗中，写弹琴的诗很多，其中不少写得非同一般。如李白的五律《听蜀僧濬弹琴》："蜀僧抱绿绮，西下峨眉峰。为我一挥手，如听万壑松。客心洗流水，馀响入霜钟。不觉碧山暮，秋云暗几重。"其中"为我一挥手，如听万壑松"两句，是典型的李白风格，既有想象力，也有气势。

常建的《张山人弹琴》，也写得传神："君去芳草绿，西峰弹玉琴。岂惟丘中赏，兼得清烦襟。朝从山口还，出岭闻清音。了然云霞气，照见天地心。玄鹤下澄空，翩翩舞松林。改弦扣商声，又听飞龙吟。稍觉此身妄，渐知仙事深。其将炼金鼎，永矣投吾簪。"琴声中，云霞缭绕，仙鹤翔舞，还有飞龙歌吟，这当然是诗人的想象。琴声驱散了现实世界中的喧嚣烦乱，把人引入仙境。

写琴的诗中，流传较广的是韩愈的《听颖师弹琴》，其中"浮云柳絮无根蒂，天地阔远随飞扬"，是韩愈描绘琴声的名句，此诗我曾在《诗和琴》一文中谈过，不再重复。宋人晏几道的《菩萨蛮》写弹筝,也值得一读:"哀筝一弄湘江曲,声声写尽湘波绿。纤指十三弦,细将幽恨传。当筵秋水慢,玉柱斜飞雁。弹到断肠时,春山眉黛低。"晏几道写的是"哀筝",通篇都是哀声,其实也是游子的乡愁。

古人诗中的音乐,常和乡愁相连。弹琴如此,吹笛也一样。李白也描写过笛声:"谁家玉笛暗飞声?散入春风满洛城。此夜曲中闻折柳,何人不起故园情。"这首诗题为《春夜洛城闻笛》,诗中并没有直接写笛声,只是"暗飞声"三字,却传神地写出了笛声的哀怨婉转。夜色中隐约飘来的玉笛声,吹奏的是故乡熟悉的曲子,触动乡愁,是极自然的事情。中唐诗人张祜有绝句《听简上人吹芦管》,也是一首写音乐的佳作:"细芦僧管夜沉沉,越鸟巴猿寄恨吟。吹到耳边声尽处,一条丝断碧云心。"此诗和李白的《春夜洛城闻笛》有异曲同工之妙,一是玉笛,一是芦管,却都是回旋在夜色中的思乡哀曲,而且都隐约朦胧;一是"暗飞声",一是"耳边声尽",在玉笛声中生出的"故园情",和在芦笛声中引发的"碧云心",意思也是相近的。

谈到古诗中的音乐,不能不提一下李贺的《李凭箜篌引》。箜篌何物?这是古代的弦乐器,现代人已不识其面。不过,读一读李贺的诗,可以想象它奏出的奇妙音乐:"吴丝蜀桐张高秋,空山凝云颓不流。江娥啼竹素女愁,李凭中国弹箜篌。昆山玉碎凤凰叫,芙蓉泣露香兰笑。十二门前融冷光,二十三丝动紫皇。女娲炼石补天处,石破天惊逗秋雨。梦入神山教神妪,老鱼跳波瘦蛟舞。吴质不眠倚桂树,露脚斜飞湿寒兔。"天上人间的奇景幻象,纷纷出现在诗中,凤凰叫,芙蓉泣,香兰笑,老鱼跳,瘦蛟舞,这些声音,谁也没有听见过,李贺这样写,看似荒诞,却把音乐的奇美和神秘表现得淋漓尽致。

中 秋 吟 月

前年秋天,在台北,和一批台湾作家共度中秋之夜。从高楼餐厅的窗户可以俯瞰台北夜景,电光曳动,灯火璀璨。但是,大家的目光只是注视着天上的那一轮满月。月华如水,满世界流动着宁静和安详,中秋的明月,照耀着全世界的中国人,无论身在何方,此时,心魂都会在月光中飘飞回故乡,和亲人团圆。横在大陆和台湾之间的海峡,在中秋的月光中似乎已悄然消失。那天晚上,我很自然地想起白居易的七律《八月十五日夜湓亭望月》:

> 昔年八月十五夜,曲江池畔杏园边。今年八月十五夜,湓浦沙头水馆前。西北望乡何处是,东南见月几回圆。昨风一吹无人会,今夜清光似往年。

我不知白居易诗中的"湓浦沙头"地处何方,但是诗中的"西北望乡",恰是我在台北望上海的方向。

古人诗中吟咏中秋的篇章,不计其数。流传最广的,也许应属苏东坡的《水调歌头》:"明月几时有,把酒问青天。不知天上宫阙,今夕是何年……"此词的最后两句"但愿人长久,千里共婵娟",已成为中国人对远方亲友的最常用的祝福语。

中秋之夜的月光,亘古如一,静静普照着天下人,哪怕是在喧嚣战乱的时代,也能给人带来几分宁馨。杜甫曾在颠沛流离中过中秋,且看他如何吟月:"满月飞明镜,归心折大刀。转蓬行地远,攀桂仰天高。水路疑霜雪,林栖见羽毛。此时瞻白兔,直欲数秋毫。"(杜甫《八月十五夜月》)望明月,思故乡,这是人之常情,而诗人却在描绘月色时,驰骋幻想,情不自禁地抒发浪漫情怀,月光如雪如霜,如飘飞的白羽,安抚沉静了羁旅游子的心。

中秋月色,常人所见相似,但在古人诗中,却形形色色,因处境和心情的不同,月色也变幻无穷。孟浩然五绝《秋宵月下有怀》,写得清雅闲淡,却灵动有声:"秋空明月悬,光彩露沾湿。惊鹊栖未定,飞萤卷帘入。"诗人的好心情,可以在字里行间感受到。皮日休《天竺寺八月十五日夜桂子》,在月色中沉迷于缥缈的传说,传达的也是佳节赏桂玩月的雅兴:"玉颗珊珊下月轮,殿前拾得露华新。至今不会天中事,应是嫦娥掷与人。"月下飘落的桂花,晶莹如玉,如月光的碎屑,想来该是月中嫦娥撒向人间的珍宝。宋人米芾的《中秋登楼望月》,类似此诗的境界:"目穷淮海满如银,万道虹光育蚌珍。天上若无修月户,桂枝撑损向西轮。"米芾的诗,以民间传说咏月,别出心裁。王建的七绝《十五夜望月》,在月色中更多地品味出惆怅:"中庭地白树栖鸦,冷露无声湿桂花。今夜月明人尽望,不知秋思落谁家?"晏殊的《中秋月》,写的也是凄怆的游子心情:"十轮霜影转庭梧,此夕羁人独向隅。未必素娥无怅恨,玉蟾清冷桂花孤。"

还想再说几句苏东坡。因为《水调歌头》已成中秋咏月的绝唱,后人忽略了苏东坡写中秋的其他诗篇。其实,苏东坡还有一些写中秋的诗篇,也写得意味深长。七绝《中秋月》,写清凉月色,感叹人生无常:"暮云收尽溢清寒,银汉无声转玉盘。此生此夜不长好,明月明年何处看。"另一首七绝《八月十五日看潮》:"定知玉兔十分圆,已作霜风九月寒。寄语重门休上钥,夜潮留向月中看。"诗中并未写见潮,诗人只是嘱咐不要锁门,等月上中天后,可以出门去江边看夜潮,给人阔大奇妙的想象空间。

《八至》和六言

至近至远东西,至深至浅清溪。
至高至明日月,至亲至疏夫妻。

现在的读者,熟悉这首诗的恐怕不会太多。这首题为《八至》的六言诗,作者是唐代女诗人李冶。以现代人的眼光来看,这也是一首绝妙的诗,其中的哲理,会使很多人感慨共鸣。四句诗,八个"至",前面六至,是巧妙的铺垫。"至近至远东西":最远和最近的,是人们所说的"东西",这是指一个不确定的方位,可以遥不可及,也可以近在咫尺。"至深至浅清溪":最深和最浅的,是溪流,流水可以深不可测,也可以清浅见底。"至高至明日月":这两至,情形有些不同,最高和最明亮的,是太阳和月亮,似乎少了前面四至的对称和悖反,如改成"至明至暗日月",也许更有趣。李冶如在,不知是否会同意我的修改。全诗的点睛之笔,是最后那两至:"至亲至疏夫妻。"这样的议论,在当时很有惊世骇俗的味道。古时男尊女卑,女人被三纲五常压迫,"夫为妻纲",夫妻之间,妻子只有顺从的义务。夫对妻,主权大于爱情;妻对夫,义务大于爱情。一个女人,敢在诗中作如此大胆的表达,在唐诗中少见。唐诗中女诗人的作品少,如此出格出新的作品,竟出自女性之手,那真是女诗人的骄傲。

值得说一下的,是这首诗的形式。六言诗,在唐代并不多,《唐诗三百首》中,没有一首六言诗,《全唐诗》洋洋数万首,六言诗只有几十首。也许,六言诗的韵律和节奏,更像文章而不像诗歌。诗人们不喜欢这样的格律,很少在这方面下功夫,大诗人们甚至基本不用此格律。因为六言诗脍炙人口的名作少,被人传诵的作品也少,这种格律和形式,几乎被人忽略淡忘。

追溯一下六言诗的源头,还是很有意思的。其实,东汉的抒情小赋中,就出现了大量六言的文字,虽未分行排列,但已有了六言诗的征象,如张衡的《归田赋》:

> 游都邑以永久,无明略以佐时;徒临川以羡鱼,俟河清乎未期。感蔡子之慷慨,从唐生以决疑。谅天道之微昧,追渔父以同嬉。超埃尘以遐逝,与世事乎长辞。

谁能说这不是六言诗呢?到建安时期,出现了完整的六言诗歌,孔融咏史的三首诗,被专家认为是现存最完整的六言诗,其中一首是对曹操的赞美:"从洛到许巍巍,曹公忧国无私,减去厨膳甘肥。群僚率从祁祁,虽得俸禄常饥,念我苦寒心悲。"和孔融同时代的曹丕、曹植,都写过有影响的六言诗,如曹植的《妾薄命》,是建安时期六言诗的扛鼎之作:"携玉手喜同车,北上云阁飞除。钓台蹇产清虚,池塘观沼可娱。仰泛龙舟绿波,俯擢神草枝柯。想彼宓妃洛河,退咏汉女湘娥。"到魏晋南北朝,嵇康、傅玄、陆机、庾阐等当时的文人,都写过出色的六言诗。

到唐代,六言诗和五、七言诗歌一样,发展成为格律诗,虽不盛行,却时有佳作。最有代表性的是王维的《辋川六言》,这是王维隐居辋川时所作,描绘了田园风光和诗人悠闲的心情:"采菱渡头风急,杖策村西日斜。杏树坛边渔父,桃花源里人家。"

唐代另一位女诗人鱼玄机,也写过很有韵味的六言诗《隔汉江寄子安》：

江南江北愁望,相思相忆空吟。鸳鸯暖卧沙浦,鸂鶒闲飞橘林。烟里歌声隐隐,渡头月色沉沉。含情咫尺千里,况听家家远砧。

我以为,在存世的六言诗中,最出色的两首,正是两位唐代女诗人的作品。李冶和鱼玄机,她们的名字和六言诗连在了一起。

可怜贾岛

　　唐代诗人中,贾岛是最出名的苦吟者。他写诗写得很辛苦,一字一句,得来都不容易。贾岛曾这样描绘自己的写诗状态:"一日不作诗,心源如废井。笔砚为辘轳,吟咏作縻绠。朝来重汲引,依旧得清冷。书赠同怀人,词中多苦辛。"有人形容他作诗时的情状:"狂发吟如哭,愁来坐似禅。"写诗如此全身心投入,实在难得。

　　贾岛被后人记住,并非他的诗,而是因为他苦吟的故事。他的字斟句酌,有不少广为流传的典故。最有名的,是"推敲",这个被中国人常用的词,源于贾岛。据传,一日,贾岛骑驴访李凝幽居,于驴背上得诗:"闲居少邻并,草径入荒园。鸟宿池中树,僧推月下门。过桥分野色,移石动云根。暂去还来此,幽期不负言。"对"僧推月下门"这句,他不满意,觉得如改成"僧敲月下门",似乎更传神。他一时拿不定主意,便在驴背上边吟诗边举手做推敲之状,旁若无人,如痴如呆。这时,迎面有一大官被人前呼后拥着过来,沉迷在诗中的贾岛却骑着毛驴走在路中间不避让。这大官,是京兆尹韩愈。贾岛被众卫士带到韩愈跟前,韩愈听贾岛解释后,不但不怪罪,还在路上和他探讨起来。韩愈觉得"敲"比"推"好,建议他改"僧推月下门"为"僧敲月下门"。韩愈和贾岛,就此成为诗友。而"推敲"二字,也成为中国人辞典中一个颇有涵义的生动词汇。

　　贾岛《送无可上人》一诗中,有这样两句:"独行潭底影,数息树边身。"在这两句诗下,贾岛用一首五绝作注,他自称:"两句三年得,一吟双泪流。知音如不赏,归卧故山秋。"写两句诗花三年时间,很夸张,但贾岛的执着和认真,可见一斑。

贾岛一生在穷困中度过,年轻时出家做和尚,还俗后做过小官,但也一直与贫寒相伴。想起来,贾岛作为诗人有点可怜,苦吟一生,写了很多诗,脍炙人口的却很少。人们记得"推敲"的典故,却未必记得他的诗。苏东坡论唐诗时,有"郊寒岛瘦"的批评,郊是孟郊,岛便是贾岛,所谓"瘦",便是枯涩乏味。这样的批评,有点尖刻,但没有错,贾岛如听到,也许会苦笑。

我小时候背过很多唐诗,回想起来,竟没有一首贾岛的作品。后来读了很多古诗,贾岛的《长江集》,我全部浏览过,能记住的确实不太多。不过,我以为贾岛的作品中,还是有几首佳作值得一提,不是和"推敲"有关的《题李凝幽居》,也不是"两句三年得"的《送无可上人》,在此试举三首:

　　松下问童子,言师采药去。只在此山中,云深不知处。
(《寻隐者不遇》)
　　十年磨一剑,霜刃未曾试。今日把示君,谁有不平事。
(《剑客》)
　　促织声尖尖似针,更深刺著旅人心。独言独语月明里,惊觉眠童与宿禽。(《客思》)

我想,这三首诗,不必我多作解释和评价,读者一看就会明白。贾岛的诗,如果多一些这样的佳作,给人印象可能就不一样了。

玉溪生之谜

我已经无法统计,在我这些谈古诗的文章中,已经多少次提及李商隐和他的诗句,这是情不自禁的事情。我想,以后也许还会常常提到他。李商隐是一个奇迹,是一个谜,值得所有的诗人和爱诗的人们为之沉迷、为之沉思。李商隐在唐代诗人中,影响不能算是最大的一个,李白和杜甫的名气远在他之上。不过,李商隐对后世诗人和文学家的影响,却难以估量,这种影响,一直到现代。

我的书房里,就有一个证明在。我书桌前的墙上,挂着沈从文先生的一幅书法,以《玉溪生诗》为题,抄录了李商隐的八首诗:七绝《赠宇文中丞》、五律《晓起》、五古《杏花》、五古《灯》、五律《清河》、五绝《袜》、五绝《追代卢家人嘲堂内》、七绝《代应》。我和沈从文先生没有机会交往,这幅字,由沈先生的好友曹辛之先生转赠。因为钦佩沈从文,喜欢他的字,也喜欢李商隐,所以就一直把这幅字挂在我的书桌前的墙上,抬头就可以看到。这幅书法写于1976年初春,写的是章草小字,密密麻麻,有五百多个字。沈从文先生想必也喜欢李商隐,他抄录的这八首诗,不是李商隐诗中流传最广的,仿佛是无机的排列,却巧妙地通过这些诗表达了他当时的心情和期待。沈从文的这幅书法和李商隐的那些诗,引起我很多联想,曾写过《失路入烟村》一文,谈沈从文的书法和人生,也品味李商隐的诗。《杏花》一诗结尾有这样两句:"吴王采香径,失路入烟村。"吴王采花,迷失在花团锦簇的园林中,虽是迷路,却迷得有诗意。这也很自然地让人想起沈从文的下半生,他放弃了心爱的文学,把才华和精力投入对古代服饰的研究,当然,还有书法。说是"失路",其实是找到了一条充满智慧和情趣的通幽之径。李商隐一生不得志,他有政治抱负,却仕进无门,只做过县尉一类的小吏。但作为诗人,他寻找到一条属于自己的独特道路。晚唐的达官贵人,现在的人们谁还记得,而李商隐和他的诗,却流传至今。

玉溪生的诗,为何有如此巨大的魅力,使那么多人着迷?他的《锦瑟》和《无题》,千百年来引出各种各样的解读,成为唐诗中最迷人的话题。李商隐的诗中,有很多名句,已经成为中国人智慧、情感和理想的结晶。十多年前,我请曹辛之先生为我写一个条幅,他问我写什么,我说,就写你喜欢的唐诗吧。他寄来的条幅,是李商隐《韩冬郎即席为诗相送》中的两句:"桐花万里关山路,雏凤清于老凤声。"辛之先生是借用李商隐的诗句,表达了对一个后辈的鼓励和期望。

我想了一下,记忆中的唐诗名句中,有不少出自李商隐:

身无彩凤双飞翼,心有灵犀一点通。(《无题》)
相见时难别亦难,东风无力百花残。(《无题》)
春蚕到死丝方尽,蜡炬成灰泪始干。(《无题》)
直道相思了无益,未妨惆怅是清狂。(《无题》)
春心莫共花争发,一寸相思一寸灰。(《无题》)
永忆江湖归白发,欲回天地入扁舟。(《安定城楼》)
秋阴不散霜飞晚,留得枯荷听雨声。(《宿骆氏亭寄怀崔雍崔衮》)
嫦娥应悔偷灵药,碧海青天夜夜心。(《嫦娥》)
深知身在情长在,怅望江头江水声。(《暮秋独游曲江》)

夕阳无限好,只是近黄昏。(《登乐游原》)

一个诗人,有那么多美妙不朽的诗句流传人间,历经千年而魅力依旧,这是值得骄傲的事情。谁能说李商隐的人生黯淡无光呢!

早春消息

　　暖风徐来,冰雪消融,春意在大地上悄悄蔓延。春意最早在什么地方露头？苏东坡有名句"春江水暖鸭先知",在河里游泳戏水的鸭子最先感知到温暖的春意。这其实是诗人的想象,苏东坡诗中没有具体描绘鸭子们如何感知春意,但就这么巧妙的一点,已经可以让人联想春意如何不动声色地悄然而至。鸭子们在水中欢腾的模样,读者可以自己去想象,那一片被欢快的脚掌和翅膀搅动的春水,正带着春天的暖意,缓缓而来。苏东坡写早春景象,在他的词中也有佳句:"东风有信无人见,露微意,柳际花边。"这几句中,东风是早春信使,吹得柳绿花发。鸭戏春水,表现的是瞬间景象,而东风播春,却是一段较长的时空。诗人对春的观察,细致入微,从微观到宏观,从有形到无形。

　　在我的记忆中,古人描绘大自然最初春意的佳句,可以举出很多。李白的《宫中行乐词》中,有两句诗写得传神:"寒雪梅中尽,春风柳上归。"寒冬的冰雪在梅花的幽香中消融,柳条在和煦春风中爆出了金黄嫩绿,这也是最早的春消息。同样的意境,在李白的诗中可以找到不少,如《早春寄王汉阳》中"闻道春还未相识,走傍寒梅访消息",《落日忆山中》中"东风随春归,发我枝上花"。杜甫的《腊日》中,也有两句妙诗,和李白的诗意异曲同工:"侵陵雪色还萱草,漏泄春光有柳条。"这样的早春诗意,李清照也感受到了:"暖日晴风初破冻。柳眼梅腮,已觉春心动。"从绿和梅在暖风中的变化中感觉"春心动",是李清照的创造。宋人张耒的《春日》中有两句写得很生动:"残雪暗随冰笋滴,新春偷向柳梢归。"在冰棱滴水融化中,看到冬天已悄悄过去;从柳梢的新绿中,发现春天已偷偷归来。同样的意境,也可以在宋人张栻《立春偶成》中看到:"律回岁晚冰霜少,春到人间草木知。""春到人间草木知"和"春江水暖鸭先知",属于相类的思路,"草木知",也可以引动读者的丰富联想,春风中,草木复苏,大地泛出新绿。韩愈咏春,曾写道:"草树知春不久归,百般红紫斗芳菲",也是草树知春,不过却已经春深似海了。他这首诗题为《晚春》,所以会有万紫千红的景象。

韩愈的《春雪》,写的也是早春景色,却与众不同:"新年都未有芳华,二月初惊见草芽。白雪却嫌春色晚,故穿庭树作飞花。"二月初,正是春之头,在刚刚解冻的田野里看到草芽,心生惊喜。对盼春心切的人来说,这一丝春色初露,实在不过瘾。于是诗人笔锋一转,请来了白雪,这当然是春雪,是冬天的尾巴。雪花在已经萌动春芽的草木间飞舞,仿佛是在向诗人预示春花烂漫的盛景。

多年前我曾以《早春》为题写过一组短诗,每首六行,写这些诗时,眼前漾动着大自然的春意,心里也出现古人的诗句。去年在《光明日报》发表这组诗,引起很多读者的共鸣。其中有《芦芽》,描绘的是我当年下乡"插队落户"时的感受,每年初春,看到河边芦苇发芽,总是心生喜悦和希冀:

出土便是宣判冬天的末日,
尽管寒风仍在江边呼啸横行。
纤细的幼芽竟能冲破冻土,
地下搏动着何等强韧的春心。
不要再为自己的柔弱哀叹,
且看这遍野迎风而长的生命。

杜 牧 之 叹

李白杜甫是唐代最伟大的诗人,世称"李杜"。清人赵翼有《论诗绝句》:"李杜诗篇万口传,至今已觉不新鲜。江山代有才人出,各领风骚数百年",讲的是诗坛人才辈出,很有道理。不过,李白和杜甫,引领风骚却不是数百年,而是从古到今,千百年来一直是中国文学的骄傲。因李白杜甫成就太辉煌,唐代的其他诗人,似乎都相形黯淡。晚唐诗人李商隐和杜牧,也被合称为"李杜",如果没有盛唐的李杜,晚唐的李杜,也许可成为唐代诗坛最耀眼的巨星。

我曾在多篇文章中谈李商隐,也想再说说杜牧。后人把杜牧称为"小杜",那是对"老杜"杜甫而言。在我对唐诗的记忆中,杜牧的七绝作品最多而且印象深刻。童年最初背诵的唐诗中,有好几首是杜牧的作品,譬如《清明》:"清明时节雨纷纷,路上行人欲断魂。借问酒家何处有?牧童遥指杏花村。"这首诗,是古诗中流传最广的作品之一,在中国可谓妇孺皆知。我至今仍记得当年外婆用唱歌般的调子教我吟诵这首诗的情景。另一首《秋夕》,也是曾牵动我无限遐想的妙作:"银烛秋光冷画屏,轻罗小扇扑流萤。天街夜色凉如水,坐看牵牛织女星。"用这样通俗平淡的语言,却表现出如此清新幽远的境界,实在是大家风范。《清明》这首诗中,没有一个难懂的字,就像是一首儿歌,然而却情景交融,意境清新幽远,成为唐诗中流传最广的作品。吟诵这些诗,也使我悟到唐诗为何能深入人心,被大多数中国人喜欢的原因。

杜牧的诗,以七绝成就最高。《唐诗三百首》的七绝这一栏中,杜牧独占鳌头,有九首作品收入,第二位是李商隐,收入七首。同栏中,李白两首,杜甫只有一首。我想了一下,我记住的杜牧诗作,都是七绝,除《清明》和《秋夕》,还有几首,每一首都堪称绝唱:

远上寒山石径斜,白云深处有人家。停车坐爱枫林晚,霜叶红于二月花。(《山行》)

千里莺啼绿映红,水村山郭酒旗风。南朝四百八十寺,多少楼台烟雨中。(《江南春绝句》)

长安回望绣成堆,山顶千门次第开。一骑红尘妃子笑,无人知是荔枝来。(《过华清宫绝句》)

烟笼寒水月笼沙,夜泊秦淮近酒家。商女不知亡国恨,隔江犹唱后庭花。(《秦淮》)

青山隐隐水迢迢,秋尽江南草未凋。二十四桥明月夜,玉人何处教吹箫。(《寄扬州韩绰判官》)

折戟沉沙铁未销,自将磨洗认前朝。东风不与周郎便,铜雀春深锁二乔。(《赤壁》)

多情却似总无情,唯觉樽前笑不成。蜡烛有心还惜别,替人垂泪到天明。(《赠别》)

落魄江湖载酒行,楚腰纤细掌中轻。十年一觉扬州梦,赢得青楼薄幸名。(《遣怀》)

以上作品中,有几首并未收入《唐诗三百首》,却也是七绝唐诗中流传很广的作品。这些诗,千百年来一直在被中国人吟诵而且引用,很多人熟知这些诗句,却未必了解它们的作者。杜牧生在唐代都城长安,少年时代就展露才华,他博览群书,满腹经纶,希望能为恢复盛唐气象尽力,却生不逢时。杜牧期望的太平盛世,在他的有生之年没有出现。他无法实施自己的抱负,只能在诗中倾吐情怀。那些写景抒情的诗篇,优美中蕴涵着忧伤,读来更为感人,古往今来,使多少落魄文人唏嘘共鸣。

黄 鹤 楼

《唐诗三百首》中,把崔颢的《黄鹤楼》列在七律之首。

> 昔人已乘黄鹤去,此地空余黄鹤楼。黄鹤一去不复返,白云千载空悠悠。晴川历历汉阳树,芳草萋萋鹦鹉洲。日暮乡关何处是,烟波江上使人愁。

李白当年登黄鹤楼,本想写诗,但看到崔颢题在墙上的这首诗,便甩笔作罢,留下"眼前有景道不得,崔颢题词在上头"的感叹,成为诗坛佳话。狂傲的李太白,居然也有甘拜下风的时候。李白不会说违心话,他当然是真心佩服崔颢。

清人孙洙编《唐诗三百首》,把崔颢的《黄鹤楼》放在七律的首篇,其实并非自作主张,宋人严羽的《沧浪诗话》中便有评价:"唐人七言律诗,当以崔颢《黄鹤楼》为第一。"这是古人的公认,后人没有异议。崔颢的这首诗,确实是千古绝唱。现代人读这首诗,也能体会它的妙处,从神话到现实,从历史的远景到眼前的风光,意境开阔曲折,望云思仙,鹤影杳然,游子情怀化作烟波江上云之悠悠。景色和情思,都令人神往。而此诗用词通俗,一如口语,诵读一两遍便能背诵。

其实,李白的诗中也多次写到黄鹤楼,脍炙人口的有两首,一首是《黄鹤楼送孟浩然之广陵》:"故人西辞黄鹤楼,烟花三月下扬州。孤帆远影碧空尽,唯见长江天际流。"另一首为《与史郎中钦听黄鹤楼上吹笛》:"一为迁客去长沙,西望长安不见家。黄鹤楼中吹玉笛,江城五月落梅花。"这些和黄鹤楼有关的诗,也都已成为流传最广的唐诗。

　　如果没有诗人们的歌咏,长江边的这座古楼也许早就不留踪迹了。古时战祸频繁,黄鹤楼屡建屡毁,古代的最后一座黄鹤楼毁于1884年,此后百年未建。世世代代的中国人都读《黄鹤楼》,然而见过黄鹤楼的人并不多,人们只能通过诗歌来想象它。二十多年前,武汉在长江边新建了黄鹤楼,从电视和图片中看,那是一座雄壮巍峨的巨楼,和崔颢、李白诗中的黄鹤楼,大概没有多少关系了。

风流绝代说薛涛

成都的朋友赠我一份雅礼——一沓印有彩色图纹的宣纸信笺。这些彩色信笺,名为"薛涛笺"。薛涛是唐代女诗人,当年成都城里有名的女才子。三十年前我第一次去成都,在望江楼花园听说过她的故事。花园中有"薛涛井",传说薛涛就是用这口井中的水制作笺纸。望江楼花园中多竹,品种有数十种。当年曾写过《望江楼记》,写竹,也写关于薛涛的传说。薛涛诗中有咏竹的名篇《酬人雨后玩竹》:"南天春雨时,那鉴雪霜姿。众类亦云茂,虚心宁自持。多留晋贤醉,早伴舜妃悲。晚岁君能赏,苍苍劲节奇。"在和竹有关的唐诗中,这是很出色的一首。

唐代有三位有名的女诗人,除了薛涛,还有李冶和鱼玄机,三人中,薛涛成就最高,存世的作品也最多。在《全唐诗》中,有她的一卷诗作,共八十九首。据传薛涛著有《锦江集》,收入诗歌五百首,可惜已失传。现在能读到的,只是她的一小部分作品。薛涛从小便显露出诗人才华,八岁时,她听到他父亲指着花园里的梧桐吟诗:"庭除一古桐,耸干入云中",随口便接了两句:"枝迎南北鸟,叶送往来风"。薛涛父亲大惊,一是为女儿的才华,二是觉得这两句诗涵义不祥,认为女儿日后可能会成为青楼乐伎,后来果然如此。

薛涛虽是乐伎,但却因诗才过人而受人尊重。当时住在成都的文人雅士,都和薛涛来往,并作诗酬唱。这些诗人中,有白居易、牛僧儒、令狐楚、张籍、杜牧、刘禹锡、张祜,还有元稹。

白居易写过《与薛涛》,是他题赠给薛涛的七绝:"峨眉山势接云霓,欲逐刘郎此路迷。若似剡中容易到,春风犹隔武陵溪。"这样的诗,并非游戏应酬,可以感受到白居易对这位女才子的尊重。王建在诗中议论薛涛时,曾由衷感慨:"扫眉才子知多少,管领春风总不如",薛涛的诗作被他推为女中之冠。

关于元稹和薛涛,要多说几句。薛涛四十二岁时,爱上了三十一岁的元稹,两人在成都共度过一年美好时光。这是没有结果的爱情,元稹最终还是离她而去。元稹离开成都时,薛涛曾写《送友人》相赠:"水国蒹葭夜有霜,月寒山色共苍苍。谁言千里自今夕,离梦杳如关塞长",诗中的依恋和不舍,让人感动。薛涛的存诗中,还有不少寄远怀人的作品,有些大概也是为元稹而作,其中有动人的句子:"闺阁不知戎马事,月高还上望夫楼","知君未转秦关骑,月照千门掩袖啼"。元稹到扬州后,也写诗遥赠薛涛,诗中既有赞美,也有思念:"锦江滑腻峨眉秀,幻出文君与薛涛。言语巧偷鹦鹉舌,文章分得凤凰毛。纷纷辞客多停笔,个个公卿欲梦刀。别后相思隔烟水,菖蒲花发五云高。"(元稹《寄赠薛涛》)这样的诗人之恋,在古代文学史中罕见。

薛涛存世的八十多首诗,我都读过,其中有一些印象颇深。譬如她的《春望词》四首,情感深挚细腻,是难得的佳作:

花开不同赏,花落不同悲。欲问相思处,花开花落时。
揽草结同心,将以遗知音。春愁正断绝,春鸟复哀吟。
风花日将老,佳期犹渺渺。不结同心人,空结同心草。
那堪花满枝,翻作两相思。玉箸垂朝镜,春风知不知。

这些诗中,有薛涛的自我写照,她的自怜自哀和自爱,悄然流露在优美伤感的文字中。这是男诗人写不出来的。

《全唐诗》这样介绍她:"薛涛,字洪度。本长安良家女,随父宦,流落蜀中,遂入乐籍。辨慧工诗,有林下风致。韦皋镇蜀,召令侍酒赋诗,称为女校书。出入幕府,历事十一镇,皆以诗受知,暮年屏居浣花溪。著女冠服。好制松花小笺,时号薛涛笺。"

真正的"薛涛笺"究竟何等模样,今人已难知晓。当年,用"薛涛笺"书写诗文,是文人的时尚。以现代的说法,薛涛是当年"引领时尚"的女明星。薛涛的诗,广为传诵的不多,但"薛涛笺"却一直流传至今。有人在一副对联中列数古人绝艺:"少陵诗、摩诘画、左传文、马迁笔、薛涛笺、右军帖、南华经、相如赋、屈子离骚,收古今绝艺,置我山窗。"薛涛的名字,赫然与屈原、杜甫、王维、司马迁、王羲之等人并列,这也是这位女诗人的荣耀了。

怎一个愁字了得

在很多人的印象中,李清照是一个刚烈女子,这是因为她那首只有二十字的《夏日绝句》:"生当做人杰,死亦为鬼雄。至今思项羽,不肯过江东。"如此浑厚而有气势有风骨的诗,出自一个纤柔女子之手,实在让人惊叹。这首诗,表面上是赞扬项羽,其实是批评当时的朝廷在外敌侵犯时偷安南逃,没有骨气。和她同时代的男诗人,有几个能写出这样血气方刚的诗篇?

其实,李清照的诗词中,更多的是愁绪,千回百转,都是凄楚愁苦。这和她生活的时代有关,国破家亡,使她难得欢颜,即便面对大自然的美景,撩动于心的,还是一个愁字。且看那个"愁"字,如何出现在她的词中:"薄雾浓云愁永昼,瑞脑消金兽"(《醉花阴》);"寂寞深闺,柔肠一寸愁千缕"(《点绛唇》);"闻说双溪春尚好,也拟泛轻舟。只恐双溪舴艋舟,载不动,许多愁"(《武陵春》);"梅蕊重重何俗甚,丁香千结苦粗生。熏透愁人千里梦,却无情"(《摊破浣溪沙》);"花自飘零水自流,一种相思,两处闲愁"(《一剪梅》);"独抱浓愁无好梦,夜阑犹剪灯花弄"(《蝶恋花》);"黄昏院落,凄凄惶惶,酒醒时往事愁肠"(《行香子》);"梦断漏悄,愁浓酒恼"(《怨王孙》);"酒从别后疏,泪向愁中尽。遥想楚云深,人远天涯近"(《生查子》)……

古代诗人中,作品中"愁"字用得如此频繁,很少见。她的很多作品中即便没有出现"愁"字,也通篇都是愁绪。如《好事近》中"梦魂不堪幽怨,更一声啼鹅",《清平乐》中"采尽梅花无好意,赢得满衣清泪"。李清照写愁绪,不是无病呻吟,家国身世,都使她心情郁闷,把这种情绪转化为形象的文字,是真正的艺术。心怀愁绪的诗人,在夜间更感觉孤独无助,且读《如梦令》,这是一个孤苦诗人的自画像:

> 谁伴明窗独坐?我共影儿两个。灯烬欲眠时,影也把人抛躲。无那,无那,好个凄惶的我。

上面这阕《如梦令》,在明代前曾被认为是李清照的作品,后人在编《乐府雅词》时,署名作者为向镐。不过在我的记忆中,一直把它当作李清照的词,觉得这是一个女诗人的感受。

李清照的词,最脍炙人口的,是那首《声声慢》,词中那种孤寂愁苦的心境和气氛,可以说是前无古人:

> 寻寻觅觅,冷冷清清,凄凄惨惨戚戚。乍暖还寒时候,最难将息。三杯两盏淡酒,怎敌他,晚来风急!雁过也,正伤心,却是旧时相识。
> 满地黄花堆积,憔悴损,如今有谁堪摘?守着窗儿,独自怎生得黑!梧桐更兼细雨,到黄昏,点点滴滴。这次第,怎一个愁字了得!

她作品中的那些叠字,成为宋词中独特的景观,而叠字的运用,成功地渲染出她作品中浓郁的愁绪。李清照是一个有独创性的词人,不仅文字美妙,诗词中的意象,也常常新意迭出。她曾将自己的《醉花阴》寄给丈夫赵明诚,其中有"莫道不销魂,帘卷西风,人比黄花瘦",写相思之苦,将人比黄花,异想天开,满纸愁绪。赵明诚也写了五十首词,把李清照那三句夹在其中,请一位名诗人品评,那诗人读后评价:"只有三句最好。"

梧桐更兼细雨

在上海城区,最常见的是梧桐树。它们排列在街边,向天空伸展枝干,用巨大的冠构织出绿色的浓荫。我们常说的"林荫道",一般就是指被梧桐树荫覆盖的道路。

上海的梧桐,以前被人称为"法国梧桐",那是因为当年法租界所有的行道树几乎都是梧桐。中国的植物辞典上也把梧桐称为"悬铃木"。悬铃,是指梧桐之果,它们悬于枝头,状如荔枝,也像铃铛,故得名。据说世界各地的梧桐,都源自中国。欧洲人将其引种杂交,使之叶更阔大,冠更葳蕤,再输出以至成为世间栽植最广的行道树。这只是一种说法,也许并不准确,要请植物学家来作定评。

梧桐在中国古已有之,在古诗中可以找到证明。在《诗经》中便有梧桐出现:"凤凰鸣矣,于彼高冈。梧桐生矣,于彼朝阳。"庄子的《秋水篇》里,也说到梧桐:"南方有鸟,其名鹓鶵,子知之乎?夫鹓鶵,发于南海而飞于北海,非梧桐不止……"庄子文章中的南方之鸟"鹓鶵",就是凤凰,凤凰只有见到梧桐才栖落。古人将梧桐和凤凰相联系,可见梧桐的高贵。

梧桐一叶落,天下尽知秋。出现在古人诗中的梧桐,大多在秋风秋雨之中,李白《秋登宣城谢朓北楼》中有"人烟寒橘柚,秋色老梧桐",孟浩然绝句中有"微云淡河汉,疏雨滴梧桐",白居易的《长恨歌》中有"春风桃李花开日,秋雨梧桐叶落时"。

古诗中与梧桐相随的,是悲伤愁苦的心情。王昌龄的七绝《长信秋词》,以秋风中枯黄的梧桐开篇,写一个幽囚深宫的女子寂寞孤苦的生活:"金井梧桐秋叶黄,珠帘不卷夜来霜。熏笼玉枕无颜色,卧听南宫清漏长。"梧桐这个意象出现在诗中,就代表着凄凉和孤寂,这似乎成了诗人们的共识。在宋词中,这样的意象就被用得更多。

南唐李后主的《相见欢》,尽人皆知:"无言独上西楼,月如钩。寂寞梧桐深院锁清秋。剪不断,理还乱,是离愁。别是一番滋味在心头。"秋天的梧桐,和离愁相连。李清照的《声声慢》,流传更广:"梧桐更兼细雨,到黄昏,点点滴滴。这次第,怎一个愁字了得!"李清照的词中,提到梧桐的不止一处,她的《鹧鸪天》中又出现梧桐:"寒日萧萧上琐窗,梧桐应恨夜来霜",也是愁苦的情绪。似乎也是不谋而合,文人们写到梧桐,总是"更兼细雨",雨中的梧桐,更能传递离情别绪:"梧桐树,三更雨,不道离情正苦。一叶叶,一声声,空阶滴到明。"(温庭筠的《更漏子》)"一声梧叶一声秋,一点芭蕉一点愁,三更归梦三更后。"(徐再思《双调水仙子·夜雨》)

此刻,从我的窗户往外看,可以看到马路上的梧桐树,时令虽是初秋,梧桐叶仍是一片碧绿。再过些时日,秋风秋雨渐紧,梧桐叶会如金色蝴蝶一般漫天飘舞。生活在喧嚣市声中的现代人,很多人对大自然的变化视而不见,也许很难走进"梧桐更兼细雨"的古诗意境中去了。

诗 说 西 施

西施的故乡诸暨,去年编了一本有关西施的书,题为《西施之美》,约我写序,这使我有机会重读不少古人写西施的诗。

在中国,没有人不知道西施。西施是历史人物,是美女的代名词,是美的化身。连大自然的美景,在文人笔下也被比作了西施,苏东坡的千古绝句"若把西湖比西子,淡妆浓抹总相宜",撩动了多少人的心怀?

然而中国人未必都清楚关于西施的故事。西施在哪里出生,在哪里长大,她的身世如何,她为什么会有如此巨大的美名?能把这一切说得头头是道的人并不多。西施生活的年代,离现在非常遥远,西施的身世和故事,在史书中并无太详尽的记载,现代人知道的故事,大多演绎自古书中的只字片言,是民间的传说,而文人的诗文,更使得西施美名远扬。在我的记忆中,李白那首题为《西施》的五言古风,是写西施的诗中情节具体、描述动人、情感深挚的一首:"西施越溪女,出自苎萝山。秀色掩今古,荷花羞玉颜。浣纱弄碧水,自与清波闲。皓齿信难开,沉吟碧云间。勾践征绝艳,扬蛾入吴关。提携馆娃宫,杳渺讵可攀?一破夫差国,千秋竟不还。"这首诗中,越女西施的出生、美色、职业,和她曲折而神秘的命运,都有了交代,虽然寥寥数十字,却让读者产生无尽遐想。西施的命运,其实充满了悲剧的色彩,尽管她美若天仙,风华绝代,却命运多舛,沉浮跌宕,经历了现代人难以想象的生离死别。她所承担的使命,需要牺牲,需要隐忍,需要忍辱负重,绝非一般女子能承受,然而这一切,却没有影响她作为一种美的象征在中国老百姓心里的地位。

和李白同时代的王维,也以《西施咏》为题写过诗:"艳色天下重,西施宁久微。朝为越溪女,暮作吴宫妃。贱日岂殊众,贵来方悟稀。邀人傅脂粉,不自著罗衣。君宠益娇态,君怜无是非。当时浣纱伴,莫得同车归。持谢邻家子,效颦安可希。"此诗篇幅和李白诗相同,借咏西施,以喻为人,但诗中对西施的评价,显然和李白不同。李白对西施多赞美,而王维诗中的西施,似乎是一个贪恋富贵的忘本女子,这样的批判态度,大概也代表了很多人的看法。如果站在吴国的立场上看,西施当然是阴谋家,是亡国祸水。不过,普通老百姓大概都不会同意这种看法。另一位唐代诗人罗隐也以《西施》为题写过七绝:"家国兴亡自有时,吴人何苦怨西施。西施若解倾吴国,越国亡来又是谁?"王安石写过七绝《西施》,和罗隐观点类似:"谋臣本自系安危,贱妾何能作祸基。但愿君王诛宰嚭,不愁宫里有西施。"他认为谋臣该对国家安危负责,不能怪罪西施这样的女子。

我去过诸暨,到过西施故里,也曾站在浣纱江畔遥想当年西施如何在这里"浣纱弄碧水"。一个纯朴的村姑,如何成了绝代美人,成了中国人心目中的美之象征,实在让人浮想联翩。时至今日,提起这话题,为什么大家还是有兴趣,我想原因大概也很简单,还是因为人们对美的向往绵延不绝吧。

促 织 之 鸣

　　秋风起时,蟋蟀的鸣唱便在四野响起,清亮而幽远,引人遐想。童年时养过蟋蟀,也到乡下的田野里捕捉过蟋蟀。迷恋蟋蟀时,曾对和蟋蟀有关的一切都感兴趣,包括写蟋蟀的文字。

　　在中国古典文学中,涉及蟋蟀的作品给人印象深刻。对现代读者来说,影响最大的,当然数《聊斋志异》中的《促织》,这是充满想象力的故事,人和蟋蟀角色互换,罗织成跌宕起伏的传奇,人间的悲欢离合,皆因小小的蟋蟀而起。

　　中国古代诗歌中,将蟋蟀作为歌咏对象的也有不少。在古老的《诗经》中,就有具体描绘蟋蟀的篇章,那是《豳风·七月》:"五月斯螽动股,六月莎鸡振羽。七月在野,八月在宇,九月在户,十月蟋蟀入我床下。"这些诗句,对蟋蟀的生长规律和生活习性作了详细生动的描述,也写出了人类和这种会唱歌的小昆虫之间的亲密关系。在后来的古诗中,也未见有人对蟋蟀作如此贴切准确的描绘。《诗经》中,还有另一篇关于蟋蟀的《唐风·蟋蟀》:"蟋蟀在堂,岁聿其莫。今我不乐,日月其除。无已大康,职思其居。好乐无荒,良士瞿瞿。蟋蟀在堂,岁聿其逝。今我不乐,日月其迈。无已大康,职思其外。"现代人,读这样的文字,有点费解了。这里写到蟋蟀,其实只是以蟋蟀作一个引子,引发对人生和岁月的感慨,诗中并无对蟋蟀的描绘,在秋风中听到蟋蟀的鸣唱,联想到的是时光的流逝、岁月的无情,是由此而生的人生的急迫感。数千年前的咏叹,现代人还能吟之而共鸣。

蟋蟀被称为"促织",原因是它们鸣唱的声音。夜晚,女人们坐在织机前织布,从四面八方传来的蟋蟀鸣唱仿佛是在催促她们勤快挥梭,"促织"之名便由此而来。谁是首创者,无从查考。在汉代《古诗十九首》中,已见"促织"出现:"明月皎皎光,促织鸣东壁。"《古诗十九首》中另一处出现蟋蟀:"晨风怀苦心,蟋蟀伤局促",促织和蟋蟀,看来那时已经是人所共知的同义词。蟋蟀得名促织,显见它们和人类生活的密切关联。

唐代诗人罗隐有《蟋蟀诗》,也许是古人咏蟋蟀的诗篇中最具体的一首,此诗为四言诗,形式类似《诗经》和汉赋,内容则别出心裁,诗人似和蟋蟀对话,写得很有感情。其中写蟋蟀的生活形状:"顽飔毙芳,吹愁夕长","周隙伺楯,繁咽贪缘";写蟋蟀的鸣唱:"如诉如言,绪引虚宽","坏舍啼衰,虚堂泣曙";最后还是在蟋蟀的鸣唱中发出惆怅的叹息:"美人在何,夜影流波。与子伫立,裴回思多"。这首诗,写得古气十足,大概当时的人诵读也会有晦涩之感,没有广为流传,很正常。杜甫也写过《促织》,比罗隐的《蟋蟀诗》通俗直白得多,描写的生动和感情的深挚,却更胜一筹:"促织甚微细,哀音何动人。草根吟不稳,床下夜相亲。久客得无泪,放妻难及晨。悲丝与管弦,感激异天真。"从蟋蟀的鸣唱,引出羁旅游子的思乡情怀,写得自然真切,让人感动。

在古诗中,蟋蟀的鸣唱大多是愁苦的"哀音",不过也有例外。我记忆中印象亲切的蟋蟀诗,是宋人叶绍翁的七绝《夜书所见》:"萧萧梧叶送寒声,江上秋风动客情。知有儿童挑促织,夜深篱落一灯明。"喜欢这首诗,其实是因为后两句,诗中对儿童夜间挑灯捕捉蟋蟀的描绘,常使我想起童年去乡下捉蟋蟀的情景。在手电和蜡烛的微光中,那透明羽翅的振动,那晶莹长须的飘拂,曾经怎样激动欢悦了一个天真少年的心。

就是那一只蟋蟀

写完《促织之鸣》,意犹未尽。耳畔似有清澈苍凉的鸣叫声,从四面八方,从遥远的地方飘过来。

二十年前,认识台湾诗人洛夫,未见其人,先读其诗。他从台北寄我的诗集中,有《蟋蟀之歌》。且看他的诗中如何写蟋蟀之鸣:

唧唧如泡沫

如一条小河

童年遥遥从上流漂来

今夜不在成都

鼾声难成乡愁

而耳畔唧唧不绝

不绝如一首千丝万缕的歌

记不清那年那月那晚

在那个城市

在那个乡间

那个小站听过

唧唧复唧唧

今晚唱得格外惊心

那鸣叫

如嘉陵江蜿蜒于我的枕边

深夜无处雇舟

只好溯流而泅……唧唧捉

　　究竟是哪一只在叫？

　　广东的那只其声苍凉

　　四川那只其声悲伤

　　北平的那只其声聒噪

　　湖南那只叫起来带有一股辣味……

这是一个现代诗人的写乡愁的诗,在蟋蟀的鸣叫中,诗人梦游了家乡的千山万水。这首诗流露出来的思乡情怀,令人心颤。这和杜甫的《促织》,可以说是异曲同工。游子思乡的感情,古今相同,蟋蟀之鸣,在云游于外的中国人耳中,就是故乡的声音。

另一位台湾诗人余光中写信给四川诗人流沙河时说："在海外,夜间听到蟋蟀叫,就会以为那是在四川乡下听到的那一只。"流沙河有感而发,写了一首绝妙的诗,题为《就是那一只蟋蟀》,其中有这样诗句：

　　就是那一只蟋蟀

　　在《豳风·七月》里唱过

　　在《唐风·蟋蟀》里唱过

　　在《古诗十九首》里唱过

　　在花木兰的织机旁唱过

　　在姜夔的词里唱过

　　劳人听过

　　思妇听过……

　　就是那一只蟋蟀

在我的记忆里唱歌

在你的记忆里唱歌……

在海峡那边唱歌

在海峡这边唱歌

在台北的一条巷子里唱歌

在四川的一个乡村里唱歌

在每个中国人脚迹所到之处

处处唱歌

比最单调的乐曲更单调

比最谐和的音响更谐和

凝成水,是露珠

燃成光,是萤火

变成鸟,是鹧鸪

啼叫在乡愁者的心窝

我想,流沙河的这首诗,一定使很多身在海外的中国人读得流泪。

流沙河诗中提到的宋代文人姜夔,写过一首和蟋蟀有关的词《齐天乐》,也是名作,值得一读。此词有一序文作交代:"丙辰岁,与张功父会饮张达可之堂。闻屋壁间蟋蟀有声,功父约予同赋,以授歌者。功父先成,辞甚美。予裴徊末利花间,仰见秋月,顿起幽思,寻亦得此。蟋蟀,中都呼为促织,善斗。好事者或以三二十万钱致一枚,镂象齿为楼观以贮之。"这篇序文,内容很丰富,有人有事有景有声,也有关于蟋蟀的知识。他在蟋蟀鸣唱中引出了"幽思":

庾郎先自吟愁赋,凄凄更闻私语。露湿铜铺,苔侵石井,都是曾听伊处。哀音似诉,正思妇无眠,起寻机杼。曲曲屏山,夜凉独自甚情绪?

西窗又吹夜雨,为谁频断续,相和砧杵?候馆迎秋,离宫吊月,别有伤心无数。豳诗漫与,笑篱落呼灯,世间儿女。写入琴丝,一声声更苦!

这首词,开篇就点出一个"愁"字。"庾郎",指南北朝诗人庾信,在姜夔耳中,蟋蟀之鸣,犹如庾信写过的愁苦之赋,它们到处鸣唱着,是苦难的儿女在向亲人倾诉,是孤独的思妇在织布,是寂寞的少女独自叹息。此词的下片,还是抓住蟋蟀的鸣唱,继续抒发感慨,似乎散漫,却始终是愁苦的情绪。愁苦因何而来?骚人落魄,游子怀乡,思妇念远,乃至国破家亡,人间的哀思实在太多,如蟋蟀之鸣,处处可闻。这可以算是一首咏物词,通过对蟋蟀之鸣的联想,抒发了人间的哀愁幽恨。

杜鹃啼血

杜鹃,在汉语词汇中,是花,也是鸟。

杜鹃是多年生灌木,品种繁多,花开缤纷七色,以红色居多。春天山野中,杜鹃是最常见的花,盛开时,满山遍野殷红如火。江西民歌中的《映山红》,陕北民歌中的《山丹丹花开红艳艳》,唱的便是杜鹃花。

杜鹃作为鸟名,涵义更为丰富。杜鹃,就是布谷鸟,又名子规、杜宇、子鹃。如果生活在乡村,在春夏时分,能听到杜鹃彻夜啼鸣,如歌如吟,如泣如诉,引人遐想。我年轻时在崇明岛"插队落户",经常听到杜鹃的鸣唱,那声音总是从远处传来,在田野中飘绕不绝。那时人们都把杜鹃看作报春鸟,"布谷声声",是督促农民播种耕耘。但在我听来,杜鹃的啼鸣,总有凄苦悲凉之感。这或许是因为联想到那些古老的传说。

杜鹃花,如何成了杜鹃鸟?唐代诗人成彦雄写的一首五绝作了很妙的回答:"杜鹃花与鸟,怨艳两何赊。疑是口中血,滴成枝上花。"

我没有仔细看过杜鹃的样子,但知道杜鹃有红色的嘴,富有想象力的古人以为这是啼血所致。杜鹃鸣唱时节,正是杜鹃花盛开之际,于是便有了"疑是口中血,滴成枝上花"的联想。中国古代有"望帝啼鹃"的神话。望帝是传说中周朝蜀地的君主,名杜宇,不幸国亡身死,魂化为鸟,哀啼不止,口中流血。"杜鹃啼血",在很多古人的诗中提及,杜鹃被称为杜宇,由此而来。李商隐《锦瑟》中,"望帝春心托杜鹃",引用的就是这个典故。因为这样的故事和传说,杜鹃出现在古诗词中,多与凄惘和悲苦相关联。如李白《闻王昌龄左迁龙标遥有此寄》:"杨花落尽子规啼,闻道龙标过五溪。我寄愁心与明月,随风直到夜郎西";白居易《琵琶行》:"杜鹃啼血猿哀鸣";秦观《踏莎行》:"可堪孤馆闭春寒,杜鹃声里斜阳暮";辛弃疾《定风波》:"百紫千红过了春,杜鹃声苦不堪闻";贺铸《忆秦娥》:"三更月,中庭恰照梨花雪;梨花雪,不胜凄断,杜鹃啼血";王令《送春》:"子规夜半犹啼血,不信东风唤不回"。

文天祥晚期的诗歌,多悲切之情,国破家亡,前景渺茫,他曾以杜鹃的形象寄托自己的情思:"草合离宫转夕晖,孤云漂泊复何依。山河风景原无异,城郭人民半已非。满地芦花和我老,旧家燕子傍谁飞!从今别却江南路,化作啼鹃带血归。"这首题为《金陵驿》的七律,生动表达了因国破家亡而生发的忧伤沉痛。

杜鹃的啼鸣,在很多游子的耳中,仿佛在诉说"不如归去",诗人常因杜鹃之鸣而撩动乡愁。范仲淹有诗云:"夜入翠烟啼,昼寻芳树飞。春山无限好,犹道不如归。"

杜鹃,不仅是花和鸟,也是中国古诗中涵义幽邃的意象,值得玩味。

说　　荷

　　荷是一种神奇的植物。天地间生灵的精致和美妙,在它们身上得到最生动的体现。童年时,是在古代诗词、国画中认识荷花。最早背诵的关于荷花的诗,是杨万里的《晓出净慈寺送林子方》:"毕竟西湖六月中,风光不与四时同。接天莲叶无穷碧,映日荷花别样红。"这也许是中国人最熟知的关于荷花的诗。在儿时的幻想中,荷花接天映日,浩荡如海,很有气势。那时,经常吃莲心和藕粉,吃用荷叶包扎的肉,虽没有机会观荷,却对荷有了亲切感。后来读到晋人的乐府:"青荷盖绿水,芙蓉披红鲜。下有并根藕,上有并头莲。"这些诗句通俗如民谣,把荷的形态和特征描绘得形象生动。再后来熟读周敦颐的《爱莲说》,记住了那些歌颂莲荷的名句:"出淤泥而不染,濯清涟而不妖,中通外直,不蔓不枝,香远益清,亭亭净植,可远观而不可亵玩焉。"

　　古人在诗中写到的荷和莲,其实是同一形象。

　　第一次仔细欣赏荷花,是在杭州的西湖。曲院风荷,是西湖十景之一,湖中的荷花,姿态和色彩,都让人赞叹不已。荷叶,荷花,莲蓬,各有道不尽的美妙,没有一片相同的荷叶,没有一朵相同的荷花,真正是巧夺天工的艺术品。西湖里的莲荷,虽没有"接天荷叶无穷碧"的气势,但荷叶那种悦目的碧绿,是湖畔别的植物所没有的。荷叶上滚动的露水,晶莹如珍珠。而荷花更是优雅多姿,红红白白,千娇照水。

　　写荷叶最有名的诗句,是宋人周邦彦《苏幕遮》中那几句:"叶上初阳干宿雨,水面清圆,一一风荷举。"荷花的优雅,用文字很难描述,花蕾初结,含苞待放,乃至盛开,各有不同的风韵。所谓"小荷才露尖尖角","风流全在半开时",写的就是不同时段的荷花。郭震的《莲花》,也写得有意思:"脸腻香熏似有情,世间何物比轻盈。湘妃雨后来池看,碧玉盘中弄水晶。"

　　后来经常见到荷花,也见过村姑划着木盆和小船在荷花池中采摘莲蓬,每次都让我感觉惊喜。此类情景,古人的诗中作过很多生动的描绘、比喻和想象。描写采莲的古诗多不胜数,我喜欢王昌龄的《采莲曲》:"荷叶罗裙一色裁,芙蓉向脸两边开。乱入池中看不见,闻歌始觉有人来",写得有声有色,有情趣有动感。现在的小学课本中,也有一首题为《江南》的乐府民歌,虽流传在千百年前,如今读,依然有趣:"江南可采莲,莲叶何田田。鱼戏莲叶间。鱼戏莲叶东,鱼戏莲叶西,鱼戏莲叶南,鱼戏莲叶北。"我的办公室墙上,挂着画家石禅的一幅鱼戏荷花图,画面上正是诗中的景象。

再　说　荷

咏荷的古诗中,纯粹写景或者咏物的,其实并不多,诗人们写荷花,常常联想到人间的爱恋情愁,这样的例子,可以随手拈来。李白的《折荷有赠》,就是写情人相思:"涉江玩秋水,爱此红蕖鲜。攀荷弄其珠,荡漾不成圆。佳人彩云里,欲赠隔远天。相思无因见,怅望凉风前。"折荷思人,天涯相隔,眼中红花愈美,心内思念愈深。

李白也写过《采莲曲》:"若耶溪旁采莲女,笑隔荷花共人语。日照新妆水底明,风飘香袂空中举。岸上谁家游冶郎,三三五五映垂杨。紫骝嘶入落花去,见此踟蹰空断肠。"

题为采莲,其实写人,其中蕴涵着男女间的故事。有意思的是,德国音乐家马勒的交响曲《大地之歌》,其中有一个乐章就是李白的《采莲曲》,这一乐章的名字是《咏美人》。十九世纪法国女作家戈蒂埃,曾经将很多中国古诗翻译成法文,并以《玉书》为题出版,其中也有李白的《采莲曲》。她的翻译只能是大致的意译,把她的译文再转译成中文,就成了下面这样滑稽的文字:"少女信步走向河边,深入荷花丛。人们看不见她们,只听见笑声,风吹过她们的衣裳,发出芳香。一个少年骑马经过河边,临近少女们。其中一个少女,感到心在跳,脸色也变了。多亏被荷花丛遮盖了。"中国的古诗,翻译成别种文字,一定会失去原有意蕴,这是一例。

宋人晏几道的《蝶恋花》,以荷花喻人,将相思女子的愁苦写得凄婉动人:"雨罢蘋风吹碧涨。脉脉荷花,泪脸红相向。斜贴绿云新月上,弯环正是愁眉样。"

　　诗人从雨后的荷花中看见了泪脸和愁眉。

　　最值得玩味的,是李商隐的几首写荷花的诗。李商隐是写爱情诗的高手,他写荷,都是以花喻人,借花抒情。有一首诗以《赠荷花》为题:"世间花叶不相伦,花入金盆叶作尘。唯有绿荷红菡萏,卷舒开合任天真。此花此叶常相映,翠减红衰愁杀人。"诗中,将荷叶和荷花比作生死相伴的恋人,这是极富想象力的创造。另一首题为《荷花》,写的却是相思之情:"都无色可并,不奈此香何。瑶席乘凉设,金羁落晚过。回衾灯照绮,渡袜水沾罗。预想前秋别,离居梦棹歌。"李商隐的爱情诗,写得曲折含蓄,情思隐晦,有些诗句颇费人猜度,其中的故事和隐情,只有他自己知道。这些以荷花抒情的诗,情境还算明白。李商隐与荷相关的诗,最广为人知的,是那首七绝《宿骆氏亭寄怀崔雍崔衮》:"竹坞无尘水槛清,相思迢递隔重城。秋阴不散霜飞晚,留得枯荷听雨声。"最后那一句,又作"留得残荷听雨声",成为咏荷诗中的千古妙句,因为诗人的奇思,枯焦的残荷,升华为凄美的意象。

芦 苇 叹

唐代诗人中,刘禹锡在我的心里有一种亲切感。年轻时,在崇明岛"插队落户",我曾读到他写芦苇的《晚泊牛渚》:"芦苇晚风起,秋江鳞甲生。残霞忽变色,游雁有馀声。戍鼓音响绝,渔家灯火明。无人能咏史,独自月中行。"诗中描绘的景象和意境,当年曾引起我的共鸣。

我喜欢芦苇。这是我家乡崇明岛上最多的植物,它们曾陪伴我度过青春岁月中那段苦涩时光。长江边那些高大的竹芦,河沟畔那些清秀的白穗苇,在我的眼里,都是多姿多情的朋友,在孤寂的日子里,它们给我带来快乐和安慰,引起我美妙的遐想。秋风中,大片盛开的芦花在晚霞里起伏,在月光下涌动,红如血,白如霜,凄美,悲凉,是生命的赞歌。而刘禹锡的诗,展现的就是此类情景,读来怎不令人心动?刘禹锡在另一首题为《西塞山怀古》的诗中,又一次写到芦苇:"从今四海为家日,故垒萧萧芦荻秋",芦苇在这首诗中,也是凄楚萧瑟的形象,让人联想起人生的漂泊,岁月的无情。

我曾经纳闷,古代诗人,为何对芦苇视而不见,如此美妙的生命,似乎很少在他们的笔下出现。后来读古诗多了,发现自己原来孤陋寡闻。《诗经》中,就有写芦苇的句子:"蒹葭苍苍,白露为霜";唐诗中,写芦苇的篇章不少,如贾岛:"芦苇声兼雨,芰荷香绕灯",韦应物:"人归山郭暗,雁下芦洲白",白居易:"可知风雨孤舟夜,芦苇丛中作此诗",贯休:"芦苇深花里,渔歌一曲长",齐己:"寒涛响叠晨征橹,岸苇丛明夜泊灯",许浑:"横塘一别已千里,芦苇萧萧风雨多"。尽管芦苇在诗中一掠而过,但却是重要的意象,而且大多表现凄凉的景象,和芦苇做伴的,是秋风秋雨,是长夜孤舟。诗人笔下出现芦苇,难道都是心情惆怅时?当然不是,王贞白曾以《芦苇》为题写过一首五言古风,写的是他在自己的庭院里种芦苇,"高士想江湖,湖闲庭植芦",全诗二十行,写他植芦赏芦的闲适心情,虽然也有情趣,但我不太喜欢。芦苇应该野生,应该在水畔自由生长,在天地间展现生命的美丽和坚忍。岑参的诗中曾写到芦苇:"月色更添春色好,芦风似胜竹风幽",这是我喜欢的句子。芦风,可以引发很多美妙联想。

遗憾的是,古诗中写初春野地芦芽的很少见。苏东坡的《惠崇春江晓景》脍炙人口,人们熟悉的是前两句:"竹外桃花三两枝,春江水暖鸭先知",而我,更喜欢后面那两句:"蒌蒿满地芦芽短,正是河豚欲上时",苏东坡看到了芦芽。虽只是三个字,却使我浮想联翩。写到这里,我的眼前便出现芦芽出土的景象,初春时分,解冻的河岸上,嫩红的芦芽悄然钻出泥土,在料峭寒风中,它们犹如春之宣言。

花 非 花

古人在诗中时常写到杨花。杨花,其实不是花,而是杨树的种子,有白色的茸毛覆盖,春风吹拂时,杨花随风飘舞,如花絮飞扬。古人诗中写到杨花,大多是感叹人生飘零,表达怅惘和愁绪。如司空图《暮春对柳》:"萦愁惹恨奈杨花,闭户垂帘亦满家",愁和恨,就像漫天飞舞的杨花一样,哪怕关门锁户,它们还会飘飞进来,无法躲避。北魏时胡太后的《杨白花》有这样的诗句:"含情出户脚无力,拾得杨花泪沾臆。"以杨花比喻人生的漂泊无定,以宋人石矛的一首七绝写得最有趣:"来时万缕弄轻黄,去日飞球满路旁。我比杨花更飘荡,杨花只是一春忙。"杨花只是在春风里飘荡,而游子却终生在天地间漂泊。

杨花其实就是柳絮,杨花飞落到水中,在水面浮动,犹如浮萍。古人认为杨花落水便为浮萍,杜甫在《丽人行》中有名句:"杨花雪落覆白萍",清人李渔在《闲情偶记》中说:"杨花入水为萍,为花中第一怪事",其实都是误解。

写杨花的词,在我记忆中印象最深刻的,是苏轼的《水龙吟·和章质夫杨花韵》,这是一首吟咏杨花的妙词,其中有惊人的想象力,也写绝了人间情思。

> 似花还似非花,也无人惜从教坠。抛家傍路,思量却是,无情有思。萦损柔肠,困酣娇眼,欲开还闭。梦随风万里,寻

郎去处,又还被、莺呼起。　　不恨此花飞尽,恨西园、落红难缀。晓来雨过,遗踪何在?一池萍碎。春色三分,二分尘土,一分流水。细看来不是杨花,点点是、离人泪。

苏轼将杨花定位在"似花还似非花",很巧妙,也比较准确,凸现了杨花的特点。而"花非花",便成为后人常引用的一个玄机暗藏的奇妙之词。在这首诗中,苏轼把杨花比作美人,她正"随风万里",梦寻相思情郎,花人糅合,意象自然天成,是绝妙的比喻。此词的下半阕,紧扣杨花议论抒情,写出一个相思中的女子孤独悲苦的心境。最惊心动魄的是最后那几句:"细看来不是杨花,点点是、离人泪。"雨后,天空中不见了杨花,它们落在水里,随波浮动,在相思女子的眼里,它们不是落花,不是浮萍,而是离别人伤心的眼泪。这样奇特的比喻,也许不能算是苏轼的新创,唐诗中曾出现过这样的诗句:"君看陌上梅花红,尽是离人眼中血。"然而读这阕《水龙吟》,还是佩服苏东坡奇思妙想。在离人眼中,枝头红梅如血,落水杨花似泪,人间情痴,难有甚者。

古 人 咏 柳

最近去悉尼,住在情人港附近的一家宾馆中,从窗外俯瞰,正好面对一个名为"谊园"的中国园林,只见小桥流水和亭台楼阁掩隐在树丛中。园林里,最怡人视线的,是柳树,我数了一下,总共不到二十株柳树,却形成一片美妙的中国风景,风吹过,绿浪漾动,飘逸柔美,使我想起西湖畔的柳浪闻莺。这是我梦中的故乡景象。

触景生情,也想起中国古诗中那些咏柳的妙句。

古人写柳树,流传最广的,是贺知章的《咏柳》:"碧玉妆成一树高,万条垂下绿丝绦。不知细叶谁裁出,二月春风似剪刀。"这首诗的第一句,以"碧玉"喻指柳树,总觉得有些牵强,碧玉有其翠绿,却无法让人联想柳荫的飘逸柔美,我至今读来仍无共鸣。此诗广为流传,主要是后面的两句,把春风比作剪刀,裁剪出满树柳叶,这奇思妙想,确实是贺知章的独创。这首诗写柳树,也传达了春天来临时欢快清新的心情。

印象中还有几首吟咏柳树的诗,虽不如贺知章这首,也值得一读。宋人杨万里写过《新柳》:"柳条百尺拂银塘,且莫深青只浅黄。未必柳条能蘸水,水中柳影引他长。"贺知章写了春风里的一株柳树,杨万里却写了湖畔的一片柳林,还描绘了水中倒影,犹如一幅湿润的水彩画。清代高鼎的《村居》,形象地描绘了早春二月的美景,其中也有柳树的影子:"草长莺飞二月天,拂堤杨柳醉春烟。儿童散学归来早,忙趁东风放纸鸢。"李商隐也写柳树,那是另外一番景象:"曾逐东风拂舞筵,乐游春苑断肠天。如何肯到清秋日,已带斜阳又带蝉。"李商隐这首题为《柳》的七绝,写的是秋风中的柳树,在夕阳蝉鸣中,回首昔时春光,引发于心的,是苍凉和失落。

白居易有一首咏柳七律《题北路旁老柳树》,也许熟悉的读者不多,他写的是一棵无人看顾的柳树,枝短叶凋,垂垂老矣:"皮枯缘受风霜久,条短为经攀折频。但见半衰当此路,不知初种是何人。雪花零碎逐年减,烟叶稀疏随分新。莫道老株芳意少,逢春犹胜不逢春。"这样的老柳树进入诗人的眼帘,并被吟咏,其实还是借景抒情,触类旁通,感叹老人的晚景凄凉。最后那两句,尤其让人读来心酸。当二月春风裁剪着嫩柳细叶时,这棵衰凋的老柳树怎能不顾影自怜?

在中国古诗中,柳的形象含义很丰富。古人送别怀乡,常和柳树相伴,如李白《金陵酒肆留别》:"风吹柳花满店香,吴姬压酒唤客尝。金陵子弟来相送,欲行不行各尽觞。"郑谷《淮上与友人别》:"扬子江头杨柳春,杨花愁杀渡江人。数声风笛离亭晚,君向潇湘我向秦。"吴文英《风入松》:"楼前绿暗分携路,一丝柳、一寸柔情。"古人分手,折柳相送,"此夜曲中闻折柳,何人不起故园情"。汉语中的"依依惜别",就来自《诗经》中的"昔我往矣,杨柳依依"。

花柳本无私

写过《古人咏柳》,感觉意犹未尽,脑海里还涌动着不少和柳有关的古人诗句。很多诗,并非专门咏柳,但出现柳树的形象,让人读而难忘。搜索记忆,有柳树意象的诗句很多:

青青河畔草,郁郁园中柳。(《古诗十九首》)
两个黄鹂鸣翠柳,一行白鹭上青天。(杜甫《绝句》)
渭城朝雨浥清尘,客舍青青柳色新。(王维《送元二使安西》)
杨柳东风树,青青夹御河。(王之涣《送别》)
曾栽杨柳江南岸,一别江南两度春。(白居易《忆江柳》)
山重水复疑无路,柳暗花明又一村。(陆游《游山西村》)
柳送腰肢日几回,更教飞絮舞楼台。(陈与义《柳絮》)

这些出现柳树的诗句中,有些可谓脍炙人口,譬如杜甫的"两个黄鹂鸣翠柳",陆游的"柳暗花明又一村",在中国妇孺皆知,童年时,我的外婆就教我背过这些诗。柳树若有知,应该为人类对它们的留恋赏识而欣慰。

刘禹锡写过《忆江南》,其中有众人挥动柳枝送别的情景,读来既心惊又感人:"春去也!多谢洛城人。弱柳从风疑举袂,丛兰浥露似沾巾,独坐亦含嚬。"在刘禹锡的记忆中,这也许是最难忘怀的美好情景之一,离开洛城时,洛城百姓对他的留恋和感激,在一片挥动的柳枝中表达出来,让他想起来就感动。

古诗中出现柳树,并非只为形容春光,这些随风飘动的枝叶常和愁绪相连。想起了宋代诗人冯延巳,他写过妙句:"风乍起,吹皱一池春水",被同道以"吹皱一池春水"戏称。柳树,也是常常出现在他词作中的意象。冯延巳写过几阕《鹊踏枝》,其中都有柳树,如:"撩乱春愁如柳絮,悠悠梦里无寻处","河畔青芜堤上柳,为问新愁,何事年年有?独立小桥风满袖,平林新月人归后"。其中有一篇描绘的是闺怨,杨柳在词中起了烘托渲染的作用:"六曲阑干偎碧树,杨柳风轻,展尽黄金缕。谁把钿筝移玉柱,穿帘海燕双飞去。满眼游丝兼落絮,红杏开时,一霎清明雨。浓睡觉来莺乱语,惊残好梦无寻处。"

在古人诗中,柳树也常被用来比喻美女,杨柳腰,垂柳枝,是形容女子的腰肢,柳夭桃艳,柳弱花娇,都是描绘女子的苗条和美貌。不过,到后来,柳的意象,变得有点暧昧,它们似乎专指青楼娼妓,所谓"柳户花门""烟花柳巷""柳巷花街",都是青楼妓院的代名词,而成语中的"寻花问柳",则是风流男人不端行为的代称。更有指代性病的"花柳病",将柳的形象推上了丑陋的极端。

婀娜杨柳,本是春光春色中优美的形象,其誉其毁,都来自文人的想象力。不由得想起杜甫的诗句:"江山如有待,花柳本无私。"春风中的柳树,不会因为人的诋毁而收敛它们美妙的姿色的。

白 云 苍 狗

　　白云苍狗,是中国人的一句成语,也可以叫做白衣苍狗。比喻人生世事变幻无常,犹如天上的浮云,瞬息万变,刚刚看着如雪白的衣裙,转眼间却变成了灰剥落拓的狗。很多人用这句成语,却未必知道有关典故。白云苍狗的出典,是杜甫的诗作《可叹》。这首长达三十四行的七言古风,开首四行点出了诗人想表达的主题:"天上浮云似白衣,斯须改变如苍狗。古往今来共一时,人生万事无不有。"白云苍狗,便由此而来。

　　杜甫的《可叹》,其实是一首写人的叙事诗,诗中的主人公,是和杜甫同时代的诗人王季友,《全唐诗》中这样介绍他:"王季友,河南人。家贫卖履,博极群书。豫章太守李勉引为宾客,甚敬之,杜甫诗所谓丰城客子王季友也。"王季友年轻时家贫,以卖草鞋为生,出身富家的妻子柳氏嫌弃他,离家出走。王季友在贫困孤苦中发愤攻读,后来考上状元,成为一代名流,离弃他的柳氏后来又回到他身边。这样跌宕起落的人生,使杜甫大为感叹。《可叹》一诗中,对王季友的故事作了生动描述:"近者抉眼去其夫,河东女儿身姓柳。丈夫正色动引经,丰城客子王季友。群书万卷常暗诵,《孝经》一通看在手。贫穷老瘦家卖屦,好事就之为携酒。豫章太守高帝孙,引为宾客敬颇久。闻道三年未曾语,小心恐惧闭其口。太守得之更不疑,人生反覆看亦丑。明月无瑕岂容易,紫气郁郁犹冲斗。时危可仗真豪俊,二人得置君侧否。太守顷者领山南,邦人思之比父母。王生早曾拜颜色,高山之外皆培塿。用为羲和天为成,用平水土地为厚。王也论道阻江湖,李也疑丞旷前后。死为星辰终不灭,致君尧舜焉肯朽。吾辈碌碌饱饭行,风后力牧长回首。"

王季友的人生,有点戏剧性,大悲大喜,大辱大荣,在他的一生中相交替换,从卖履穷汉到新科状元,其转换恰如白云苍狗之变。

王季友在唐代诗人中影响并不大,现代人记得他,还是因为杜甫的诗句"丰城客子王季友"。其实,王季友当时颇有诗名,《全唐诗》中收了他的十几首诗,其中的五言诗,写得很有意思。譬如《还山留别长安知己》:"出山不见家,还山见家在。山门是门前,此去长樵采。青溪谁招隐,白发自相待。惟馀涧底松,依依色不改",诗中可见他安贫乐道,醉心于山水的情怀。他也在诗中写自己的饥馑和穷困,如《赠山兄韦秘书》:"山中谁余密,白发日相亲。雀鼠昼夜无,知我厨廪贫";又如《酬李十六岐》:"自耕自刈食为天,如鹿如麋饮野泉。亦知世上公卿贵,且养丘中草木年"。家里贫寒,连老鼠和麻雀也不会来光顾,在山野耕作,生存状态犹如鹿麋。诗人这样的描述,不是哀叹自怜,诗意中弥漫着淡泊和浪漫的清气。难怪岑参在《潼关使院怀王七季友》一诗中这样称赞他:"王生今才子,时辈咸所仰。何当见颜色,终日劳梦想。"